LES PANTOUFLES
DU SAMOURAÏ

DU MÊME AUTEUR

Aux Editions Albin Michel

LAURA BRAMS
HAUTE-PIERRE
POVCHERI
WERTHER, CE SOIR
RUE DES BONS-ENFANTS, prix des Maisons de la Presse 1990
BELLES GALÈRES
MENTEUR
TOUT CE QUE JOSEPH ÉCRIVIT CETTE ANNÉE-LÀ
VILLA VANILLE
PRÉSIDENTE
THÉÂTRE DANS LA NUIT
PYTHAGORE, JE T'ADORE
TORRENTERA
LE SANG DES ROSES
JARDIN FATAL
LA REINE DU MONDE
LE SILENCE DE CLARA
BELANGE
VENGE-MOI !

Chez Jean-Claude Lattès

L'AMOUR AVEUGLE
MONSIEUR PAPA, porté à l'écran
$E = MC^2$ MON AMOUR, porté à l'écran sous le titre *I love you, je t'aime.*
POURQUOI PAS NOUS ?, porté à l'écran sous le titre de *Mieux vaut tard que jamais.*
HUIT JOURS EN ÉTÉ
C'ÉTAIT LE PÉROU
NOUS ALLONS VERS LES BEAUX JOURS
DANS LES BRAS DU VENT

PATRICK CAUVIN

LES PANTOUFLES DU SAMOURAÏ

PLON
www.plon.fr

© Plon, 2008
ISBN : 978-2-259-20547-4

1

> « Une petite ville misérable située [...] quelque part entre nulle part et adios. »
>
> Craig Davidson

Rêvé à Fourchette.
Ce n'était pas un surnom, elle s'appelait réellement Fourchette. Lucette Fourchette. Mais on ne l'appelait que Fourchette. Evidemment si elle s'était appelée Dupont, on l'aurait appelée Lucette. Je ne sais pas si je me fais bien comprendre. Diabolique malveillance de l'humaine condition. En tout cas, je n'avais jamais rêvé d'elle. Certaines femmes se prêtent au rêve, d'autres pas. Elle, pas du tout. Son nom y est pour beaucoup. Comment rêver à une fille qui s'appelle Fourchette ? L'inconscient a peur du ridicule. Dès qu'il sait qu'il y a du comique quelque part, il bloque : pas de rêves avec Fourchette. Si Rita Hayworth s'était appelée Lucette Fourchette, pas sûr qu'elle ait fait du cinéma.
Serveuse peut-être.

Fourchette, ça fait restauration, les routiers se seraient marrés : « Hé, Fourchette, t'as oublié les cuillères. » Ils en auraient oublié, eux, ses ondoiements, sa volupté.

Donc, Fourchette cette nuit. Cinquante ans après, plus même.

Elle fait partie du régiment de mes conquêtes. Régiment réduit : elles furent six. Par ordre chronologique, elle fut la quatrième. Ou la cinquième. Aucune importance.

Courte liaison marquée par une particularité, à mon avis peu usuelle : au lit, Fourchette riait.

Dit comme ça, ça semble assez sympathique ; en fait, un demi-siècle plus tard, j'en demeure horripilé.

Je pense qu'elle avait construit un système de défense contre le sentiment et sa barricade essentielle, son fortin, ses échauguettes, ses remparts contre un attendrissement possible, c'était la rigolade. Au moment où toutes, plus ou moins, s'alanguissaient, elle pouffait.

J'ai encore l'exaspération qui me monte.

Je faisais l'amoureux, l'empressé, le tendre, je minaudais, j'y allais de ma caresse, de doucereux baisers, j'espérais un frisson, une fébrilité en réponse à mes langoureux assauts, quelques soupirs, une accélération du souffle, pas du tout. Elle s'esclaffait.

Plus que tout, plus que ses gondolements, une chose me glaçait, elle m'appelait Kiquette.

Pas moi personnellement, ma quéquette. Disons d'abord que « quéquette », déjà, c'est pas très brillant au top 50 du romantisme, mais « kiquette », c'est pire que tout, on ne peut pas pire, c'est un summum. Il lui arrivait même, lorsqu'elle se trouvait au comble de sa forme, de poser des questions telles que : « Et où elle est Kiquette ? » Je peux certifier, pour l'avoir vécu, qu'il est extrêmement humiliant d'avoir à répondre : « Elle est là », ce qui n'est pas en soi une information surprenante, étant donné que la plupart des hommes l'ont placée au même endroit, et que cela semble certifier que si on ne le précise pas, elle pourrait très bien passer inaperçue, ce qui risque de ne guère contribuer à son entrain. Quelquefois, elle corsait l'affaire en demandant d'un ton jovial au moment de l'introduction : « Et où elle va Kiquette ? » J'avais toujours pensé qu'il n'était guère besoin de l'annoncer et qu'en général, les dames s'en aperçoivent toutes seules. Pas Fourchette. Enfin, et immuablement, lorsque Kiquette avait pénétré le sanctuaire, elle proférait, avec un grand et rigolard sourire : « Bonjour, Kiquette ! »

Affreux.

En fait, sa conception de l'amour n'était jamais très loin de Médrano. Son entrée au plumard s'apparentait à celle des Fratellini qu'elle avait vus dans sa jeunesse. C'était peut-être un phénomène psychanalytique rarissime, pour elle seule : le sexe ressenti comme une guignolade, Eros et Zavatta. Pas un Thanatos à l'horizon. Tout coït était gag, et l'orgasme une bonne blague réussie. Freud soufflé, Jung pantois, Adler sonné. Fourchette était un mystère. Elle avait inventé l'étreinte clownesque. J'entends encore les éclats de son rire. Pourquoi ne lui ai-je jamais demandé de se taire ? Je devais craindre qu'elle ne se vexât, qu'elle n'allât accorder à d'autres ses faveurs, c'est-à-dire son intempestive jubilation. Je me souviens d'un après-midi où, porté par le désir – je n'étais pas vieux à l'époque –, j'avais dû battre des records de vitesse éjaculatoire, elle avait articulé : « Elle a pris l'Express, Kiquette. » Difficile de s'en remettre.

Il y a toujours, lorsque l'on parle de femmes, un crétin pour dire que pour les séduire, il faut les amuser. Le problème avec Fourchette, c'est qu'elle s'amusait après avoir été séduite. Elle trouvait drôle qu'on lui fasse l'amour. Elle n'avait après tout peut-être pas tort, vu de l'extérieur, c'est une activité suffisamment bizarre et répétitive pour déchaîner la bonne humeur ; enfin, on pourrait en parler des jours et des jours. Pas la peine de passer la semaine avec Fourchette qui a traversé ma vie assez météoriquement. Je la revois bien, j'entends ses gloussements. Personne n'a plus appelé ma bite Kiquette, il a dû m'arriver de le regretter, on ne sait jamais ce qu'on veut. Je voulais commencer sérieusement ce journal, ce sera pour demain.

Je n'ai jamais écrit de bouquin, de quelque genre que ce soit. En fait, après la mort de ma tantine à qui j'envoyais une carte au nouvel an, je n'ai plus touché à un stylo.

Ça fait trente-cinq ans.

C'est dire que ce qui va suivre ne va pas être de la belle littérature. Tant pis.

Mais ce qui m'arrive depuis quelques jours me paraît devoir être raconté. J'ignore quel sera le destin de ces pages. S'il y a un lecteur, qu'il me pardonne mes maladresses, je ne suis pas un professionnel du récit, on s'en apercevra sans que je prévienne, ce qui rend d'ailleurs ces lignes totalement inutiles. On voit que ça commence mal. De plus en plus.

Mais je ne peux m'empêcher de vouloir que passe à la postérité cette aventure qui, sur le très tard, bouleverse ma vie. Allons-y, plongeons.

Enfin, plongeons demain. Je me demande si cette lubie qui consiste à transcrire ce qui vous arrive n'est pas une belle preuve de sénilité. Pour résumer, je vieillis et c'est la première fois que ça m'arrive.

J'ai mis du temps à m'en apercevoir.

Ce dont je m'étais rendu compte assez vite, c'est que la région possédait quatre saisons tranchées aussi nettement que les quatre côtés d'un carré, que les quatre coins de l'horizon, que quatre coups de canif dans une année tendre : les automnes y étaient frisquets et mordorés, les printemps survitaminés et costauds en odeurs vertes, les hivers glacés avaient le silence des neiges brisé par le crépitement des bûches incendiées et les étés y étaient bleus, striés par le vrombissement des mouches de midi.

Mais que l'on se trouve dans l'une ou l'autre de ces périodes, les soirées y étaient fastes. Certains jours, en automne surtout, s'écoulaient chargés de pluie, messagère du marasme du ciel. Derrière les vitres, les habitants regardaient leur jardin se noyer peu à peu sous les trombes, des brouillards surnageaient péniblement, des nappes en rideaux s'épinglaient aux pierres mouillées des façades. Il semblait que les couleurs enfuies ne reviendraient plus, il ne restait que le gris ferreux des paysages polaires, l'opale laiteux des eaux dormantes sous un ciel de rouille. Eh bien, malgré les cataractes, avant que la nuit ne surgisse, entre deux nuages une clarté séchait la cité et une lumière pétaradait sur les vitres et l'ardoise huilée des toits qui coulaient en cascade vers le fleuve. Quelques heures volées aux précipitations : un soleil exténué se rendait clopin-clopant à son rendez-vous quotidien, faiblard et trébuchant, un soleil-vieillard un peu boiteux sortant de l'hospice pour une promenade dorée d'avant-crépuscule... une belle soirée donc, une de plus.

C'est dans ces moments privilégiés que je sortais faire ma promenade, le « petit tour », expression qui fleure son vieux monsieur. Les jeunes gens ne font pas de « petit tour », ils font des conneries, ce qui est beaucoup moins languissant et répétitif.

Le soir venu, je m'habille donc pour sortir et me regarde dans la glace du salon. J'ai pu constater au cours des années, pratiquement depuis toujours, que je n'avais jamais été beau, mais que l'âge me rendait franchement laid. Il n'y a là qu'une constatation banale et qui ne surprendra personne. Pour être un superbe vieux, il faut avoir été un splendide jeune. Aussi simple que ça.

Donc un petit tour dans les rues de la vieille ville.

En contrebas, le fleuve miroite. Il n'y a jamais grand monde dans ce coin, quelques habitants sur le seuil des portes massives. Nous nous saluons avec la déférence guindée qu'impose le quartier, nous échangeons même quelques réflexions dont l'une aussi obligatoire qu'immuable. Quelle est-elle ? Je vous le donne en mille : « Belle soirée, n'est-ce pas ? » Comme si nous n'avions pas l'habitude...

Quelquefois, la formule change : « Encore une belle soirée ! » Malgré l'apparence anodine de la phrase, il y a là une malice. Celui qui la prononce possède au coin de l'œil une lueur espiègle, car il affirme un fait qui ne pouvait pas ne pas avoir lieu.

J'habite la ville depuis toujours. J'ai quatre-vingt-quatre ans et, au plus loin que remontent mes souvenirs, j'ai chaque soir emprunté le même chemin qui m'éloigne et me ramène chez moi.

Dans la plupart des rues par lesquelles je passe, les pavés sont usés. J'éprouve une certaine satisfaction inexplicable et une fierté idiote à me dire que mes semelles y ont contribué. Peut-être même suis-je le principal responsable de cette érosion car je n'ai jamais vu personne ni sur ces trottoirs ni sur la chaussée. Les anciens hôtels particuliers qui la bordent sont fermés. J'ai toujours connu ces fenêtres closes, ces volets tirés. Je suppose qu'à l'intérieur, les murs se sont dégradés, les salles sont vides, les tapisseries pendantes, domaine de l'araignée et des silences. Il doit pleuvoir dans certaines de ces demeures. On devine des jardins d'orties, des arbres ont crevé les murs. J'aime assez.

Donc, je me balade. A petits pas bien sûr. Comment pourrait-il en être autrement ? Je ne le fais pas exprès, on s'en doute. Qui s'amuserait à rétrécir ses enjambées ?... Simplement, au fil de l'âge, la distance qui sépare un pas de l'autre se raccourcit. Pour compenser, on tente d'accélérer, ce qui doit me donner une allure pressée. Pas plus rapide qu'un vieillard. Les gens qui me regardent passer doivent penser que j'ai chaque soir un rendez-vous urgent ou le feu au cul. Ils se trompent dans les deux cas : je n'ai jamais rien à faire et si je me trempais en permanence les fesses dans la glace, elles ne seraient pas plus froides que dans leur état normal. Je trottine donc. Aucune raison à ma hâte, si ce n'est l'obéissance à un chronomètre invisible qui m'oblige à franchir depuis un demi-siècle la même distance durant le même temps. Pourtant personne ne m'attend, je n'attends personne, mais il y a dans ce phénomène un mécanisme inconnu reposant sur un zeste de point d'honneur que je peux résumer de la façon suivante : ce n'est pas parce que je suis à présent un croûton hors d'âge que je mettrai plus de temps qu'autrefois à parcourir le même périple.

Grande imbécillité de ma part, car si mes enjambées se raccourcissent encore, si le compas qui ouvre mes jambes devient dérisoire, je vais devoir me livrer à un sprint éperdu pour rester dans les temps, entreprise aussi impossible qu'absurde, lorsque l'on sait que voilà quelque vingt ans que je n'ai pas couru plus de dix mètres sans m'époumoner. Tout ce long passage, qui d'ailleurs n'a d'intérêt pour personne, et même pas pour moi, pour dire que j'avance ridiculement à petits pas serrés, comme si une virtuelle jupe trop étroite entravait mes genoux. Au fil du temps, j'ai pris cette silhouette de vieille dame maniérée à la place de cette sculpturale et musculeuse dégaine qui fut la mienne dans les temps anciens. Je plaisante bien sûr, j'ai reçu en apanage, et ce depuis l'adolescence, une allure de besogneux clerc de notaire qui ne s'est jamais démentie, ce qui, entre parenthèses, illustre parfaitement le non-sens de l'aventure humaine puisque je n'ai pas été clerc de notaire. En fait, c'est moi qui me suis conféré cette appellation car je n'ai jamais pu imaginer un clerc de notaire autrement que sous mes traits.

Je pense qu'il est temps d'arrêter là ces incidentes répétées que l'on pourrait, sans grand risque d'erreur, confondre avec du radotage, et conclure à des prémices de gâtisme, ce qui ne serait certainement pas faux. Hors du sujet, aurait dit M. Brimoire, mon prof de français sur la tombe de qui, chaque Toussaint venue, je ne manque pas de me rendre. Son caveau est situé au croisement des allées D et E du cimetière annexe. Il pleut en général en cette saison, je m'arrête devant la stèle à colonne tronquée, les pieds dans les graviers, cerné de mauves chrysanthèmes. A l'abri sous mon parapluie, je laisse monter mes souvenirs d'écolier. Lorsqu'ils sont bien présents, je me racle la gorge et, avec la force que procure une haine aux racines enfantines, je glaviote puissamment sur le marbre terni. A chacun ses animosités. De tous les êtres présents sur cette planète, Brimoire est celui qui, de loin, m'a rendu la vie la plus impossible, truffant mes livrets scolaires de remarques sarcastiques. Je lui dois la haine profonde de l'accord des participes passés, de l'Antiquité en général, du mont Gerbier-de-Jonc, de 1515. Il m'a terrorisé, j'avais douze ans, il a converti ces années que l'on dit d'insouciance en enfer scolaire : pas question que j'oublie, le premier jour de chaque novembre, son cadeau.

Début janvier, tablier noir, farineuse odeur de craie dans les narines, claquement des plumiers sur les pupitres, à gauche du tableau noir – qui deviendra vert quelques années plus tard, le progrès n'a pas de limites – se trouve la carte de France de marque Taride. Les couleurs y sont assourdies, même le bleu de la Méditerranée que l'on dit si éclatant se révèle curieusement plombé, le vert des plaines est anémique et le brun des montagnes y vire du kaki militaire au caca d'oie. La contemplation, au long de ma scolarité, de cette carte pendue au mur me rendra la géographie triste. Peut-être un psychologue averti trouverait-il là la source initiale de mon rejet des voyages : à quoi bon parcourir les espaces si le monde a cette couleur malade...

Mais pas de rêveries, ne nous égarons pas, nous étions en ce matin d'hiver où les lampes sont encore allumées et où je trempe mon porte-plume mâchonné du bout – indubitable preuve de réflexions profondes

– dans l'encre violette de son réceptacle de faïence. Cela me rappelle un étrange phénomène : il arrivait que, l'encre s'épaississant, une lie se formât, et je plongeais l'acier de ma sergent-major dans une purée grasse qui obstruait les branches de ma plume.

Alors se produisait l'incident le plus redouté, celui qui a fait trembler des générations d'écoliers : le pâté.

Marque infamante du cancre, il s'étale, informe et laid. Quel qu'il soit, il ressemble toujours à un insecte écrasé. Il est rarement seul : en ayant retrouvé quelques spécimens dont je suis l'auteur, je constate qu'il se compose d'un élément essentiel, précédé d'une série de taches circulaires disposées en ligne comme une queue de comète. Etrange et redoutée galaxie ruinant les efforts de toute une page, car le pâté a ceci de particulier qu'il ne connaît pas la pitié. Même s'il est unique, même s'il est petit, il détruit tout au regard du maître. Vous aurez beau avoir tiré les traits à la règle, calligraphié le texte et réalisé quelques acrobaties aériennes autour des majuscules, si le pâté s'écrase, c'est foutu ! De fortes chances pour que vous trouviez dans la marge la notation rouge, couleur de la honte : « Manque de soin ! »

On pourrait, sur le pâté, écrire des volumes. Curieux d'ailleurs que les psychanalystes s'y soient si peu penchés. Il est, après tout, à cataloguer sous la rubrique des actes manqués, donc révélateurs. Pourquoi surgit-il à tel instant, à tel endroit... fruit d'une tension subite, que se passe-t-il dans la pensée de cet écolier pour que sa plume, si docile, crachote soudain, et pour que se produise ce hoquet visuel, ce sursaut de peur, comme le rejet d'un trop-plein ?

Un trop-plein de quoi ? D'angoisse ? De révolte ? L'enfance se poursuit, de soubresaut en soubresaut : après le petit rot, le gros pâté...

Gloire soit rendue à l'inventeur du stylo à bille. Voilà de vrais libérateurs. Des cahiers d'écolier, des devoirs rendus, les pâtés vont disparaître, changeant le visage de l'enseignement de l'écriture. Adieu graphisme, adieu pleins et déliés, adieu cursive, bâtarde, ronde et gothique, les temps nouveaux sont là, présents dans cette bille minuscule qui retient l'encre prisonnière.

Il y eut de la part de certains enseignants une belle résistance, un combat très vite désespéré, comme le sont ceux d'arrière-garde. Interdiction de la bille à l'école, cramponné au porte-plume comme à la hampe d'un drapeau, l'instituteur se bat contre le monde nouveau qui l'encercle, comme Custer cerné par les vagues indiennes. Gageons que ces derniers tenants des calligraphies avaient, consciemment ou non, l'idée qu'avec les techniques nouvelles, disparaîtrait la marque révélatrice qui désignait l'étourdi, le maladroit, le malhabile... Les temps modernes se dressaient sur la mort du pâté, des hordes d'écoliers à l'index propre surgissaient de toute part, leurs cahiers seraient immaculés. Un souvenir en entraînant un autre, cela me rappelle que les temps de la plume et de l'encre allaient de pair avec un troisième élément, et non des moindres dans la liste des catastrophes, je parle de la gomme à encre.

Je la revois encore. On ne trouvait chez elle aucune trace de la flexibilité et élastique douceur de sa grande sœur réservée au crayon, mais la différence était d'un autre ordre et peut se traduire en quelques mots : la gomme-crayon efface, la gomme à encre tartine. Roide et grisâtre comme un silex, elle avait la particularité non seulement d'élargir la tache, mais en plus, rappelez-vous, de creuser le papier, et là surgissait le drame : en effet, si la tache est disgracieuse, troublant l'ordre de la page, le trou est impardonnable car irrémédiable. Combien d'élèves épouvantés ont vu, sous la pression de cette gomme-caillou, apparaître la déchirure, le cratère par où allaient surgir gronderies et punitions. Remède pire que le mal, le désastre était complet.

Il faut l'admettre et s'en féliciter, l'élève d'aujourd'hui se trouve confronté à moins d'adversité et d'injustice traumatisantes. Il faut dire qu'on ne gâtait pas celui d'hier, on lui fournissait un liquide fuyant qui, obéissant à la gravitation terrestre, coulait sur un support fragile et absorbant, et il avait, pour pallier cet inconvénient, un instrument brutal et érodant qui causait cratères et lésions. Pour couronner le tout il se faisait engueuler, il y avait là une formidable injustice, expliquant sans doute de sombres et intérieures révoltes.

Mais revenons à ce matin d'hiver dont tant de digressions nous éloignent. Nous avons ouvert nos cahiers, il fait froid dehors, les têtes sont penchées et la dictée commence.

Une de ses caractéristiques apparaît tout de suite : elle est pour celui qui dicte un acte déambulatoire.

Si, du pas lent du flâneur, l'instituteur se promène dans les travées, c'est qu'il dicte. Le souci de l'élève est à ce moment-là double : il a un œil sur sa feuille et, de l'autre, il surveille l'avancée du maître qui, avec une régularité de métronome, s'approche ou s'éloigne de lui.

Suis-je mal tombé ? J'ai le souvenir de ce salopard de Brimoire glissant lentement et dangereusement dans ma direction, comme un paquebot dans un port. Il s'arrêtait parfois et, par-dessus l'épaule penchée de ses victimes, il vérifiait ce qui était écrit, cinq mètres, trois mètres, un mètre, et il était derrière moi.

Tétanisé, je rameutais en moi le maigre bagage de mes connaissances de vocabulaire et de grammaire. Un phénomène se reproduisait régulièrement : avec un instinct infaillible, Brimoire se trouvait derrière moi au moment redouté de l'accord du participe passé.

Comment faisait-il pour être aussi précis à ce rendez-vous ? Je l'ignore encore aujourd'hui. Il se passait alors un phénomène curieux : derrière ma nuque, Brimoire grossissait.

C'était assez effrayant. Bien qu'il fût de taille réduite et d'aspect bonhomme, il suffisait qu'il soit derrière moi pour qu'il touche le plafond, envahisse l'espace et bouche tous les horizons du monde.

Je sentais la sueur couler entre mes doigts, glissant sur le manche du porte-plume. « Conjugué avec avoir, le participe passé s'accorde avec le complément d'objet, s'il est placé avant. »

Avant quoi ? Je plongeais là dans des abîmes.

C'est généralement à cet instant que surgissait le pâté aux tremblotes. Je ne pouvais rester plus longtemps la plume en arrêt, car je savais qu'il attendait, qu'il guettait, chasseur surveillant sa proie, qu'il était doté d'une patience infinie, que si je continuais comme ça, nous allions vieillir ensemble.

Je me décidais enfin et m'en remettais alors, brisant les perplexités, à ce qui, parfois, est le salut des cancres : le hasard. Il fait parfois bien les choses, parfois non, les spécialistes savent qu'il y a une chance sur deux.

Je dois reconnaître un grand mérite à Brimoire : je n'étais pas long à savoir si la chance m'avait servi ou pas, car la faute, si elle avait été commise, était immédiatement ponctuée d'un gémissement de mon maître. Pas de doute à avoir : ce soupir douloureux était la marque de l'erreur, le signe que venait de se produire cette abomination qui avait pour nom « faute d'orthographe ».

Le pis était peut-être que Brimoire souffrait véritablement, il était capable, au vu d'un accord non effectué, d'éprouver un pénible élancement du fond de sa fibre éducative, et j'en ressentais une culpabilité redoublée : par mon ignorance, mon incurie, ma paresse, mon imbécillité, je procurais à cet homme dévoué un mal si intense, si lancinant, qu'il n'eût pas soupiré plus fort si je lui avais écrasé orteils et testicules, ce dont d'ailleurs je rêvais souvent.

Il repartait dans l'allée, lourd de ma propre erreur, et continuait son régulier voyage. Je pouvais lui faire confiance : lorsque surgirait, au cours de l'exercice, une prochaine difficulté, lorsque je me demanderais s'il fallait deux n ou un seul t, si jaillissait un verbe aussi pronominal qu'inopiné, bref lorsque des ravins problématiques s'ouvriraient, aucun doute à avoir, Brimoire serait de nouveau derrière moi, gémirait encore, et je détecterais dans ce son si redouté la note amère du sarcasme. C'est vrai que je n'étais pas bon en la matière, je commettais beaucoup de fautes, tellement que je me suis parfois demandé s'il n'avait pas une légère, oh, très légère, admiration pour moi.

Pour lui pour qui tout était clair, limpide et sans mystères, qui savait reconnaître du premier coup d'œil le nom inusité, l'accord, qui savait où placer accents graves et circonflexes, qui pouvait différencier à des kilomètres de distance un conditionnel d'un passé simple, qui connaissait la règle et l'exception, je devais être un inépuisable sujet de stupéfaction, une sorte de recordman, de champion à l'envers, de toute manière un sujet d'étonnement, une sorte de cas exceptionnel sur lequel auraient pu se pencher psychopédagogues et autres spécialistes en dysorthographie. Ils ne furent inventés que plus tard et, Dieu merci, j'ai réussi à leur échapper.

Donc laissons Brimoire poursuivre sa mélopée tandis que je mâche mon porte-plume. J'en ai conservé un longtemps, j'en ai sucé la peinture sur le quart de la longueur et dévoré l'extrémité, voilà de belles marques d'angoisse.

On oublie souvent que le monde scolaire est un univers à double sanction. Dictée corrigée puis résultat, affligeant, proclamé, la réalité tombait : 12, 15, 18 fautes. C'était le zéro assuré, avec ce que cela impliquait de retenues et de lignes à copier.

Mais cela ne s'arrête pas là, le deuxième volet se situe à la maison. Cela se passait le lundi soir, autour de la table familiale :

« Combien as-tu fait de fautes à ta dictée ? »

Je donnais le nombre et Maman restait atterrée. Je la vois encore, bras croisés dans la cuisine, branlant doucement du chef et me regardant avec cette surprise peinée que l'on réserve d'ordinaire aux grands invalides ou aux infirmes moteurs.

Je ressentais cruellement son désarroi. Elle ne savait plus que faire, ayant tout tenté, de la privation de cinéma aux exercices à répétition jusqu'à une heure avancée de la soirée. Mon voisin plus jeune auquel je parlais récemment de ce problème et qui semble le connaître fort bien, était, lui, soumis à un régime strict : plus de cinq fautes, pas de télé de la semaine. Résultat, il ne l'a jamais regardée de toute son enfance, il en entendait parler autour de lui, « Mission impossible », « Chapeau melon et bottes de cuir », il ne connaît pas.

Etrange pédagogie tout de même que celle qui croit qu'en voyant moins d'images, on écrira mieux les mots, mais ne jugeons pas...

Rancunier, je le reconnais. Il y a près de quarante ans que Brimoire est mort mais qu'il ne croie pas que je l'oublie dans les années à venir. Tant qu'il y a de la salive, il y a du ressentiment. N'oublions jamais de cracher sur les gâcheurs d'enfance.

Ce serait une erreur de croire que ce rendez-vous annuel trace de moi le portrait d'un vieillard haineux et aigri. Je suis en fait tout simplement irascible et amer.

Tout bien réfléchi, cela ne me semble pas exact, je suis trop bien élevé pour posséder ces caractéristiques plénières. J'ai très souvent eu envie, par exemple, d'envoyer chier Benjoin, mais un vernis de politesse m'en a toujours empêché. En fait, chez moi tout au moins, la politesse est la face vernissée de la trouille. La pétoche permanente qui a suivi mes pas m'a empêché de posséder ce genre de caractère que l'on dit bien trempé. Je me corrige : la crainte de l'existence n'a en fait jamais « suivi mes pas », cela aurait signifié que j'aurais marché devant et elle derrière alors qu'en réalité elle m'a précédé. Je n'ai jamais pu ouvrir une porte sans penser qu'elle donnait sur un univers de terreur pure : présence d'un chef de bureau tyrannique, d'un adjudant pète-sec, d'un Brimoire brandissant ma dernière rédaction corrigée. Dans l'ensemble, tout cela a confectionné une existence infiniment contradictoire : elle fut simple dans la mesure où j'ai fui l'imprévu de toutes mes forces, et me suis ceinturé des protections du train-train, et en même temps pleine de soubresauts car il a fallu peu de choses pour créer en moi des séismes. Ainsi ma mutation du lycée de Saint-Florent-le-Petit à celui de Saint-Florent-le-Vieil situé à quatorze kilomètres du premier a été ma grande affaire de la décennie 1960. De même, dans les années 70, le fait que le jour de congé de Léonie passât du lundi au vendredi me perturba longtemps. Pour les non-informés, Léonie qui fut comptable trente-cinq années consécutives à la mairie de Saint-Florent-le-Vieil devint ma maîtresse par inadvertance et à ma stupéfaction profonde.

On comprendra qu'ayant copulé une bonne quinzaine d'années en début de semaine, me trouver obligé de renvoyer ces rencontres sexuelles en début de week-end avait de quoi bouleverser non seulement ma libido mais plus généralement mon existence. J'eus du mal à m'y faire, mais je commençais tout de même à m'y adapter lorsque Léonie me quitta. Elle mit cela sur le compte d'une ménopause foudroyante, j'eus l'impression que l'arrivée à Saint-Florent-le-Petit d'un nouveau brigadier de gendarmerie y était pour quelque chose. Je n'en voulus pas du tout à Léonie que j'avais tenue dans mes bras vingt-sept ans durant, à raison d'une fois par semaine. Il faut admettre qu'il y a des gens qui ont besoin de changement : c'était son cas.

En ce qui me concernait, son départ m'arrangeait plutôt, cela faisait belle lurette que je n'osais pas lui dire que mes intermèdes érotiques étaient à mettre sur le compte du savoir-vivre plutôt que sur celui de la fièvre indomptable du désir charnel. D'autant que, si mes souvenirs sont bons, Léonie avait pris du poids et j'avais l'impression qu'au cours de nos dernières étreintes...

Non.

Assez de digressions, sinon je n'avancerai pas dans le récit que je veux faire de ce qui m'est arrivé dans les semaines qui ont suivi cette promenade. Parce que je connais le lecteur. Enfin, je crois le connaître, il me semble avoir une particularité : il fatigue vite. Si au bout de cinq pages, il ne s'est encore rien passé, s'il se consume à lire les élucubrations flasques d'un vieux type marchant dans une rue vide, il commence à regretter ses euros et il s'interroge : alors, ça bouge ? Ça vient, cette histoire ? Il se passe quoi en fin de compte dans ce foutu bouquin ? Alors, il est temps pour moi d'arriver à l'événement, au moment où, enfin, l'intérêt surgit et où, dans un abrupt basculement, naît enfin le suspense.

Je le dévoile donc d'un mot, d'une phrase, sans davantage d'atermoiements ou d'échappatoires, j'en viens au réel, au présent, à l'incontestable, au fait brut ; et tout, mesdames et messieurs, va pouvoir commencer, c'est l'instant où les lumières baissent dans la salle, où l'écran s'allume et les rideaux s'entrouvrent, roulement de tambour, rencognez-vous dans vos sièges et éteignez les portables.

Voici l'inattendu, l'inexplicable en peu de mots rendu : lorsque, poursuivant mon chemin, je tournai le coin de la rue du Four-à-Pain, je pus constater le fait au premier regard : la supérette était fermée.

Je pense que ces lignes lues d'un œil exorbité ont provoqué un choc chez tout un chacun, et que vous êtes tous en ce moment accrochés à la suspension sous l'effet de la surprise. Insoutenable suspense. Si le choc espéré n'a pas eu lieu, il me faut expliquer en quoi cette constatation était pour moi bouleversante.

Voilà un bon quart de siècle, très précisément depuis son ouverture, que je me sers dans ce magasin. Il a pour moi trois avantages immenses, le premier est qu'il se situe sur le chemin de ma promenade, le deuxième qu'il est le plus souvent désert, le troisième est qu'il vend des cigarettes. J'ai vu vieillir l'unique caissière qui, entre deux piles de biscuits en promotion, tricote ce qui semble être d'improbables pull-overs en fixant la rue d'un œil vide.

Nous avons fini par échanger quelques mots qui, tous, ont trait à des considérations météorologiques.

— Encore une belle soirée.

— En effet, très belle.

Nous hochons la tête ensemble avec le synchronisme d'un numéro de music-hall au temps de la Metro Goldwin Mayer, et je pars avec mes deux cent cinquante grammes de coquillettes, ma soupe en sachet et, inévitablement, mon paquet de Lucky puisqu'il n'y a plus de Dumbs.

Nous allons devoir nous priver de la joie ineffable résultant de la richesse de nos échanges quasi quotidiens.

Je secoue la langueur accablée produite par la première onde de stupéfaction et les premières néfastes conséquences que laisse envisager la vision de l'affichette gondolée appliquée sur le rideau de fer, et comportant ces deux termes péremptoires :

« Fermeture définitive ». On a toujours tendance à penser que lorsque quelque chose arrive, ce quelque chose devait arriver. Je n'irai pas jusque-là mais il est cependant vrai qu'à maintes reprises, je me suis demandé comment ce magasin pouvait subsister dans ce bout du monde oublié des hommes. Pas de clients, ce n'est pas moi qui ai dû les enrichir avec mes biscottes hebdomadaires et mon paquet de sèches tous les deux jours. Comment, en vingt-cinq ans, les ailes de la faillite ne se sont pas abattues sur cet endroit reste un immense mystère.

Il y a quelque chose d'écrit au feutre sur le papier. Je m'approche, enlève mes lunettes et déchiffre de près : « L'épicerie la plus proche est rue du Repentir. »

Excellente nouvelle. Le tout est de savoir où se trouve la rue du Repentir.

Cela peut paraître surprenant, mais je ne connais pas toutes les rues de la ville alors que j'en suis certainement l'un des plus vieux habitants. Je reçois à chaque fin d'année des invitations municipales à venir trinquer avec tous mes semblables, en l'honneur du nouvel an et de la municipalité. La seule idée de rencontrer une horde de congénères bavotant dans des mousseux tièdes et des assiettes de biscuits secs me ferait fuir à l'autre bout de la planète. « Honneur à nos vieux ! » : je vois d'ici la banderole dans la salle des fêtes. Rien de plus triste qu'une salle des fêtes, celle-là en particulier distille son pesant de cafard. Lorsque je suis parti à la retraite, j'y ai reçu mon cadeau de fin de carrière, une chaise longue dont la toile s'ornait de palmiers et de cocotiers. Le proviseur y fit longuement allusion dans son discours en parlant de repos mérité et de rêves lointains. Dommage qu'il soit enterré à l'autre bout du département parce que j'irais avec plaisir lui en déposer aussi un bien gras sur la dalle à celui-là.

Pourquoi est-ce que je raconte ça ? Ah oui, tout cela vient de l'idée que je ne connais pas le nom des rues bien que la ville ne soit guère grande.

J'ai une crainte, c'est que la rue du Repentir ne soit située dans le quartier commercial. Alors là, nous nagerions en plein drame : élévateurs, caddies, musique à la confiture et soldes dans les vitrines. Je m'y suis perdu une fois et j'ai mis huit jours à m'en remettre. Pas question que je refoute les pieds dans cet univers tonitruant et labyrinthique. Je rentrerais alors simplement dans l'univers du fait divers : « Ayant décidé de ne plus sortir de chez lui, un vieillard atrabilaire meurt de faim après avoir dévoré rideaux, tentures et moquette. Connu pour son caractère difficile, il avait décidé de boycotter le centre commercial qui fait la joie de notre petite ville et qui, signalons-le en passant, propose durant toute la quinzaine d'importantes réductions sur l'électroménager pouvant aller jusqu'à 50 % ! »

Pas question donc de retourner dans ces régions sans âme où règne la créature la plus dangereuse et haïssable qui soit, la mouflette vendeuse. La mouflette vendeuse vit en sous-sol, a le nombril à l'air, porte des jeans serrés, a des dents de nacre et se dandine derrière sa caisse ou près des rayons en suivant le rythme que diffusent des haut-parleurs. Cela ne serait rien si elle ne possédait pas l'œil narquois. Entendons-nous, elle ne l'a pas toujours et même, il arrive qu'elle le remplace par un regard perdu, vaincu voire suppliant. Il suffit pour cela qu'arrive, nombril à l'air, jean serré, dents de nacre et dandinement, un mouflet acheteur. Alors là, c'est la débandade, le battement de cils, la lèvre mouillée, la voix qui feule, la croupe qui ondule, etc. Mais il suffit qu'apparaisse un personnage n'appartenant pas à sa génération, et l'œil narquois surgit.

Quand je dis « personnage n'appartenant pas à sa génération », je généralise en fait et, pour être exact, ce personnage qui fait éclore cette frisure moqueuse dans le coin de l'iris peut se résumer en deux mots : c'est moi.

On a beau vous dire « vous ne faites pas votre âge », en supposant même que vous en paraissiez dix de moins, lorsque vous en avez quatre-vingt-quatre, il vous en reste quand même soixante-quatorze à assumer. Ce qui signifie que, de toute façon, même vu sous votre meilleur angle, dans la pénombre et par temps de brouillard, vous n'avez quand même pas l'air frais du jour.

J'avais ce jour-là besoin d'une chemise. J'avais en repassant brûlé l'une des miennes sur le devant, juste à l'endroit où je fais des taches lorsque je force sur la sauce bolognaise. La forme du fer à repasser était parfaitement visible. Foutue.

J'étais donc allé, moderne Christophe Colomb, à la recherche d'une chemise et, dès les premiers pas, étais tombé dans les griffes d'une mouflette vendeuse. Celle-ci avait une particularité qui la distinguait de la plupart de ses congénères, elle portait un pantalon manifestement de quinze tailles au-dessus, et, si je n'avais pas jugé que ma remarque pourrait être inconvenante, je l'aurais volontiers prévenue qu'elle risquait à chaque seconde de le perdre, mais un vieux fond d'égoïsme me fit penser que si elle se retrouvait le cul à l'air en plein magasin, elle s'en apercevrait bien elle-même.

Je me sentis jugé dès la porte, l'œil qui me fixait disait clairement : « Qu'est-ce que ce débris vient foutre au milieu de mes petits et délicieux balconnets à dentelle nylon ? »

Lorsque je lui demandai si elle avait des chemises, le soupir qu'elle poussa aurait suffi à faire tourner une éolienne. D'un doigt négligent, elle m'indiqua le coin droit du magasin. Je me trouvai alors effectivement devant des chemises, mais également devant un problème de taille.

Attention, je ne veux pas dire par là devant un énorme problème, non, un problème de taille, c'est-à-dire de mesure. Bref, je ne sais jamais quel est mon tour de cou, si je dois prendre du XX, du L, du XL, etc. Je regrette de ne pas le savoir alors que j'ai retenu des choses bien plus inutiles que ça : la date d'anniversaire de Léonie, 1515, la mort de Maman, les Trois Glorieuses… Mais pas mon tour de cou.

Je devais donc en cet instant avoir de nouveau recours à ma moqueuse mouflette. Savait-elle se servir d'un centimètre, en possédait-elle un ? N'allais-je pas la déranger alors qu'elle semblait plongée dans la contemplation de ses ongles nacrés ? Je revins donc vers elle et…

Alors ça, c'est pas possible, j'avais dit pas d'incidente. Reprenons le cours du sujet.

Il n'est pas dit évidemment que je ne revienne sur cet épisode aussi trivial que vestimentaire, mais qui m'a semblé révélateur d'un conflit générationnel et fortement porteur de sens, comme le fait remarquer, à propos de ce qui n'en a aucun, un type considéré comme philosophe, sans doute parce qu'il participe à une émission sur France Inter où il crie plus fort que les autres. Personnellement, je pensais que le philosophe était un type qui bâtissait un système explicatif de l'univers et...

Difficile de suivre un récit. Je plains les romanciers obligés, pour accaparer l'attention, de ne jamais prendre de chemin de traverse, de ne pas parler d'autre chose que de ce qui fait avancer leur schmilblick, et qui, peut-être, les passionne moins que de raconter leurs aventures au supermarché.

Je vais donc pratiquer une ellipse d'environ une heure, temps qui m'est suffisant pour rentrer chez moi, mettre mon manteau dans l'armoire, mes pantoufles à mes pieds, et me rendre dans mon bureau, dans le tiroir gauche duquel je retrouve un plan de la ville.

La vérité m'oblige à dire que l'ouvrant, je ne pensais pas y trouver mention de la rue du Repentir, ce guide portant une date : 1951. On y retrouvait quelques publicités concernant la Quintonine, boisson revigorante, à en croire l'air réjoui d'un type rubicond occupé à la boire. On pouvait d'ailleurs penser que cette réclame était peu réussie car si cette boisson vous conférait la même tête que celle du type sur l'étiquette, il existait peu de chances que le lecteur se précipitât pour l'acheter.

D'autres réclames avaient trait à des gaines féminines de marque Scandale dont l'aspect orthopédique me parut en contradiction avec leur dénomination. Tout cela pour dire qu'il était possible qu'en cette époque déjà lointaine, la rue du Repentir n'existât pas. La ville a grandi, surtout en amont du fleuve, des lotissements s'étendent dans la plaine, il a fallu tracer des avenues, des allées, des chemins, toutes choses nécessitant des noms.

Je suis tombé dessus presque tout de suite : « rue du Repentir, B5 ».

J'ai ouvert le plan et j'ai trouvé l'intersection entre B et 5.

Là, je demande un instant d'attention.

Si, comme je le suppose, vous êtes toujours suspendu au lustre après la découverte du rideau de fer baissé de ma supérette, il y a de fortes chances pour que, sous l'effet de la nouvelle surprise qui va suivre, vous en tombiez. Attention donc, cardiaques, lisez lentement les lignes qui suivent.

Le B5, c'est mon quartier.

Je suis dans le B5. Disons pour être plus précis que ma maison est dans le B5, ce qui signifie que lorsque je suis chez moi, je m'y trouve également.

Et, comme j'ai déjà dû le mentionner à plusieurs reprises, ça me fait quatre-vingts ans passés dans le B5, et j'ai passé tout ce temps à ne pas m'apercevoir qu'une rue située à moins de cinquante mètres de mon domicile s'appelait la rue du Repentir.

Ça commence à ressembler à un film d'Hitchcock ou je ne m'y connais pas.

En fait, je ne m'y connais pas.

J'ai étudié l'entrelacement des voies dans ce coin de la ville.

Or, la rue du Repentir fait la jonction entre l'allée du Pomereau et l'impasse Versange. Lorsque je sors de chez moi et que j'arrive obligatoirement dans l'allée Pomereau, je tourne toujours à gauche.

Pourquoi ? Pour une raison simple : si je prends à droite, je débouche dans l'impasse Versange. Qui aurait intérêt à se rendre dans une impasse ? Même pas moi.

Donc, sachant qu'en partant sur ma droite je n'aboutis à rien, je tourne à gauche, en conséquence de quoi je ne me suis jamais trouvé dans cette ruelle qui relie l'allée du Pomereau à l'impasse Versange et qui, je l'ignorais jusqu'à aujourd'hui, s'appelle la rue du Repentir. CQFD.

J'en suis tout de même comme deux ronds de flan. Ainsi, j'avais derrière chez moi une épicerie et je l'ignorais. Qui peut croire avoir épuisé toutes les surprises que la vie nous réserve ? Et s'il s'agissait d'une épicerie nouvelle, née du fait que celle où je me rends habituellement vient de fermer ? Peut-être même ne s'agit-il que d'un changement de domicile, je vais dans un nouveau lieu retrouver ma vieille caissière tricotant dans un cadre différent ses chandails incessants. J'ai, pour ce soir, de quoi survivre, un restant de cigarettes, des nouilles d'hier soir, un paquet de Triscottes. Anecdote en passant, au point où nous en sommes, autant en profiter : lorsque, pour la première fois, j'ai acheté ces Triscottes, je devais me trouver d'humeur badine car je me souviens avoir demandé en présentant mon paquet à la caissière.

— Vous n'avez pas de quadriscottes ?

Bref, je fais mon malin, mon rigolo, et je pose ma question censée produire un effet comique d'une rare intensité.

Il s'est produit alors un phénomène surprenant, ma tricoteuse a eu un regard effaré vers le coin biscotes, a constaté l'absence de quadriscottes et, comme une commerçante digne de ce nom ne s'avoue jamais en défaut, a déclaré d'un ton péremptoire : « La semaine prochaine. »

Cette histoire d'un intérêt médiocre résume tout de même assez bien l'une des facettes de ma vie : chaque fois que j'ai tenté une échappée vers l'humour, ça a foiré.

Dans les semaines qui suivirent, j'ai constaté chez la vendeuse-tricoteuse-caissière-responsable une sorte de crispation à ma vue. Je pense qu'elle devait craindre que je ne lui demande des quadriscottes, chose dont je me suis bien gardé, ayant décidé de rester en bons termes avec l'un des rares êtres humains avec lesquels j'entretenais une relation suivie.

Cela m'était arrivé avec Bloquet.

Peu de visages surnagent d'une salle de profs.

Je le dis par expérience. Les enseignants sont des êtres qui ne se rencontrent qu'au temps mort, aux entractes des interclasses, pressés, stressés, écroulés. Des phrases : « Les troisièmes, cette année, c'est une horreur ! », « T'as eu Furioso l'an dernier ? un gogol. » Des copains que l'on découvrait pour leur départ à la retraite : « Le collège vous regrettera, monsieur Bloquet, vous êtes le pur produit de cette génération de professeurs pour qui instruction et éducation formaient un tout indissociable qu'il fallait dispenser sans compter, mission républicaine placée sous le signe d'un humanisme laïque que... » C'était le même discours tous les ans. Bloquet était parti les larmes aux yeux, en trente ans de carrière, il avait réussi à passer inaperçu.

Pas si facile que ça en a l'air. Il avait un art de frôler les murs, de cultiver le silence. Quand il entrait quelque part, personne ne s'en apercevait. Il avait toujours été comme ça, de la maternelle à l'estrade du maître en passant par le service militaire : « Bloquet, où est Bloquet ? » On le cherchait toujours et il était toujours là, présent-transparent, je le regardais parfois dans les couloirs, ce devait être lourd, une vie passée à ne pas pouvoir se faire voir. Un héros d'une certaine façon, à la conquête de l'invisible. Wagner a dû faire un opéra là-dessus.

Lui, il y était arrivé avec son absence de musique, à force de petits pas, de mots retenus, de gestes esquissés à peine... Toute une vie en suspension, diluée, à peine réelle ; il était venu avec sa femme dîner un soir à la maison.

Maman avait tenté de le faire exister à grand renfort de questions, de bourrades, elle lui avait versé la moitié du lapin-chasseur dans l'assiette, il avait dû passer la pire soirée de sa vie. Sa femme avait tenté de le protéger : « Georges mange si peu, surtout au dîner. » Maman pétait la forme ce soir-là, elle avait levé les bras au ciel : « Allez, monsieur Georges, goûtez-moi ce saint-émilion, qu'est-ce que vous en pensez ? »

Monsieur Georges ! En vingt ans de fréquentation, je l'avais toujours appelé Bloquet, et elle, monsieur Georges dès le premier regard. Gonflée, ma génitrice ! Il tournait rubicond, le pauvret, mais tout avait été peine perdue : en sortant de chez nous, il était aussi lourd d'inconsistance qu'en y entrant. Maman l'avait regardé partir au bras de son épouse, une silhouette fantôme faite pour que le clair de lune passe au travers.

Lorsqu'il est mort, en 74, nous sommes allés à l'enterrement, Maman s'est penchée vers moi et m'a montré Mme Bloquet ; elle m'a sorti une de ses astuces qui la ravissaient, elle l'a appelée « la veuve de guère ». Il faut dire que c'était bien trouvé, Georges avait été si peu...

Pourquoi est-ce que je raconte tout ça ? Un coup de nostalgie sans doute, je pense de plus en plus à Maman ces temps-ci. Présage de revoyure ? J'ai toujours admiré les écrivains capables de vous dresser le portrait de n'importe qui en trois lignes ou dix pages. Moi, je ne sais pas. En fait, Maman m'échappe. C'est vrai qu'elle avait un côté rigolo et, à certains moments, pas du tout. Ce soir, c'est son amour des calembours qui me revient. Quand M. Laître, l'électricien, a installé le nouvel éclairage dans la cuisine, elle l'a appelé Laître et le néon... C'était au temps où Sartre régnait.

Parfois, elle régnait par la terreur, c'était la soirée des repas à la renfrogne, le temps des grommellements, jusqu'à ce qu'un matin, je l'entende chanter *Tosca* trois tons au-dessous, elle en riait elle-même tellement c'était épouvantable, elle pulvérisait la mélodie, essorait les notes jusqu'à la stridence. Je me tordais à entendre le massacre...

Que s'était-il passé entre les jours à la grimace, longs et gris comme un deuil, et ce matin tonitruant et joyeux qui annonçait un renouveau ? Je ne l'ai jamais su. Nul événement n'était survenu, rien n'était entré ni sorti de sa vie, le cours des jours n'avait pas été modifié et, pourtant, tout était changé... une éclaircie, un voile déchiré ? C'était son mystère, les couleurs revenaient d'un coup, elles repartiraient un jour.

Comment pourrais-je définir cette femme à surprises, ce visage que le soir noie peu à peu, immobile derrière les voilages de la porte-fenêtre du jardin ? Qui était-elle ? Une silhouette vaguement tragique dans la nuit proche, un clown femelle lançant ses trilles folles dans le matin.

Pourquoi s'y retrouverait-on plus avec les gens que l'on aime ? L'amour épaissit, colmate les brèches. J'ai eu une connivence avec elle, nous savions qu'au détour d'un regard, d'une phrase, d'une moquerie, nous nous retrouverions. Domaine réservé. Un clin d'œil et nous étions deux soudain, personne ne rentrerait dans notre monde, il était clos.

Bien des années ont passé depuis sa mort, je ne sais toujours pas si des hommes ont effleuré sa vie. Je ne le saurai jamais parce que aujourd'hui encore, je crains d'en être sûr. Je préserve cette femme qui, pour mon égoïsme d'enfant, ne devait être que pour moi. Parfois j'espère pour elle que des amours lui soient advenues : cela expliquerait les trilles italiennes autant que les baisers dévoreurs de mes retours de classe. Je n'aurai rien vu, pas une silhouette, pas un bruit, pas d'indice, peut-être personne n'est-il venu : je suis suffisamment imbécile pour m'en féliciter encore…

Quelques photos. Sur la plupart, nous sommes ensemble, elle sourit sur les trois. J'ai huit ans à Pornichet, douze ans à Pornichet, seize ans à Pornichet : nous avons beaucoup fréquenté Pornichet à l'époque. Elle disait que la mer me ferait du bien, qu'elle m'aiderait à pousser. Car je ne poussais pas et elle voulait que je pousse, comme une salade, comme les haricots. J'ai fini par y arriver, très tard. En fin de compte, elle avait eu gain de cause, l'Atlantique avait eu raison de mes réticences, de mes cramponnements à l'enfance. J'avais poussé, nous en avions fini avec Pornichet. On a remplacé les bains de mer par les soirées télé. C'était quand même plus varié. On se faisait un petit cognac, tranquilles devant les productions de l'ORTF. Elle adorait ça, les feuilletons surtout : « Belphégor », « Jacquou le Croquant », « Thierry la Fronde ». Du beau noir et blanc, de la belle romance populaire. Dehors, c'étaient les nuits d'été, puis juillet, août, septembre étaient loin, on se faisait le beau cocon tous les deux. Pourquoi je ne le dis pas, que les larmes me viennent ? Trois quarts d'heure que je parle d'elle et je n'ai pas encore dit qu'elle avait été la femme de ma vie, mon amour, ma merveille... Si on me lisait, ça ferait ricaner tous les bidasses de la psychanalyse. Quelle banalité ! Œdipe et tout son fourbi complexe et fixation freudienne ! On se sirotait deux petits verres tranquillous, la fenêtre ouverte sur la lune pleine : les odeurs du jardinet entraient plus fortes de la nuit qui était tombée depuis longtemps.

Sur l'écran de la télé, l'armée anglaise pourchassait le beau Thierry, quatre pelés avec des plats à barbe sur la tête, des vieux collants et des épées en plastique, galopaient sous les arbres de la forêt de Fontainebleau : place aux valeureux guerriers de Sa Majesté, the King Richard l'envahisseur... Trompettes et flûtiaux ! On s'est vraiment régalés ces années-là ; après, ça s'est gâté, avec la couleur sont venues les complications, les pertes d'innocence.

Je peux me le dire aujourd'hui, je ne me suis jamais remis de sa mort. Jamais. Il faut que j'explique ses dernières paroles. Tout mouflet, j'adorais les frites, comme tous les gosses. J'avais demandé comment ça se faisait, les frites, et elle m'avait expliqué qu'on les trouvait sur un arbre spécial : l'arbre à frites. Il s'élevait dans certaines régions du monde, en Afrique, où il fallait aller les cueillir malgré les lions qui montaient la garde autour.

Elle était mieux cet après-midi-là. C'est bizarre, la maladie, j'avais eu l'impression qu'il avait suffi de retaper l'oreiller, de tapoter le goutte-à-goutte, et qu'elle était en route vers les rivages des grandes guérisons. On a parlé un peu et, juste avant que je m'en aille, elle m'a dit : « Je vais te chercher l'arbre à frites. » Elle a fermé les yeux, moi la porte, et je ne l'ai jamais revue vivante. J'espère qu'elle l'a trouvé. Après tout, c'était son invention, son arbre à elle. L'arbre qu'elle m'avait donné.

Je pète de plus en plus.
L'âge sans doute.
Précisons que j'ai toujours beaucoup pété.
Je ne sais pas pourquoi je dis cela car je manque de comparaison. Tout le monde doit être, peu ou prou, à égalité dans ce domaine. Justice naturelle.
En fait, je pète surtout depuis la mort de Maman. Plus exactement, c'est depuis ce moment que je ne contrôle plus. Ce n'est plus nécessaire. La vie à deux, sauf si l'on est vraiment un malotru, impose des retenues bienséantes. Silence de rigueur.
Je me souviens, c'était un matin où je préparais le café, je l'avais enterrée trois jours avant, l'envie m'est venue : un vent bien anodin que j'ai contenu par ce jeu mystérieux des sphincters bloqués, de resserrement des fessiers, enfin bref, tout le monde connaît.
Et tout d'un coup, j'ai réalisé que ce n'était plus la peine, que j'étais tout seul, que je pouvais lâcher les gaz. C'était la première fois que je pétais dans la cuisine, et c'est vraiment à cet instant que j'ai pris conscience qu'elle n'était plus là. Du coup, les larmes me sont venues. Je les avais évitées jusque-là... J'ai dû l'expression de mon chagrin à une flatulence. Curieux phénomène. Depuis ce temps, comme toutes les personnes seules, je ne recule pas à y aller de ma musique personnelle, à haute voix en quelque sorte. Ce détail bien anodin m'a d'ailleurs, à des moments divers, apporté quelques satisfactions : jouissance benoîte de l'homme seul flûtant dans les draps sans retenue et se disant que s'il y était en compagnie, il lui faudrait jouer de la sourdine.

Lorsque je me suis trouvé moi-même aux côtés d'une femme, bien que j'aie peu partagé mes nuits avec ces créatures, je me souviens d'envies cadenassées, de contorsions ventrales, de danses abdominales crispées au-delà des forces humaines pour retenir l'impalpable, le zéphyr suprême, l'air méphitique, l'infiniment impondérable, luttes titanesques contre le quasi-néant d'où je suis sorti, à ma honte absolue, vaincu à plusieurs reprises. Souvenirs d'infamie, fuites mezzo voce d'une sonate interne dont je tentais de couvrir l'émission sonore par quelques éclats de voix ou de rire tonitruant qui semblaient stupéfier ma partenaire... L'une d'elles s'était étonnée : « Pourquoi cries-tu si fort ? » Il m'était difficile, on le comprendra, de répondre : « Parce que je pète. » Information dérisoire d'ailleurs car, suivant de près l'incongruité auditive, arrivait le fumet dénonciateur. Ce dernier était pourvu de nuances diverses qui mériteraient plusieurs volumes pour être décrits avec précision ; disons pour simplifier, et en me fondant uniquement sur mon cas personnel, que le remugle émis pouvait aller de la puanteur absolue à un très léger parfum de géranium pourrissant, mais ce n'est pas du tout de cela que je voulais parler. Je voulais mentionner, détail parfaitement inintéressant, qu'avec les années l'humain lâche de plus en plus d'involontaires fanfares. Après le son unique, voici le chapelet, après la détonation la canonnade. Me voici arrivé au stade de la rafale incoercible. Cela me prend même dans la rue, en fin de promenade, j'accélère alors, mes pas se font plus serrés, plus rapides, mais rien n'y fait, je n'arrive jamais à mettre la clef dans la serrure avant d'avoir mitraillé le quartier. Dieu merci, jamais personne ne passe par là. Je jette tout de même un regard de suspicion aux fenêtres pour vérifier qu'aucune ne s'est ouverte, que nulle tête ne s'est penchée, cherchant une hypothétique motocyclette allègrement pétaradante. Ce sont là les tambours de la vieillesse, son misérable staccato.

Que l'on comprenne que je suis parfaitement conscient du dérisoire de ces remarques. A l'heure où je trace ces lignes, des plumes lourdes de pensées ou bourrées d'élégance se penchent sur les grands problèmes de l'humain, de sa condition, de sa survie. Et moi, je gaspille mon encre à raconter mes histoires cacateuses. Tout cela est bien foireux, mais je n'ai jamais prétendu vouloir refaire le monde, c'est déjà amplement suffisant d'avoir à y survivre. Je me souviens de M. Sormier, professeur de philosophie : Descartes, Leibniz, Pascal, « L'homme est un roseau pensant » : trente générations à disserter là-dessus : « Rédigez le commentaire. » Et en avant pour les myopies, les scolioses, les angoisses. Des heures à se racler le fond du cerveau comme une vieille marmite pour en extraire un vague ragoût d'opinion. Qu'est-ce que je raconte ? « Opinion » : surtout pas d'opinion. On demande de commenter, c'est tout, pas de donner son avis, c'est déjà assez compliqué comme ça, si en plus il fallait dire ce qu'on en pense, où irait-on ? Sacré Sormier. On l'appelait Pécole, ça voulait dire chaude-pisse, c'est un mot qui a dû disparaître. Il se tâtait toujours l'entrejambe, on en avait déduit qu'il avait des grattouillements. Il s'enrhumait tous les hivers et faisait sécher ses mouchoirs sur le radiateur. Je les revois encore, des étendards à carreaux, mi-drapeau mi-torchon, et lui qui allait pisser tous les quarts d'heure en éternuant. Ça chahutait pendant les cours de Pécole. Il avait une fixette sur Descartes, on passait des mois dessus. Comment je suis arrivé, en partant d'histoires de pet, à me retrouver avec Descartes ? Je pète donc je suis, un attendrissement me vient pour le vieux prof à coryzas qui se frottait la bite en expliquant *Les Méditations*, tant d'années qu'il est mort... Il mettait toujours de bonnes notes, il devait s'en foutre un peu, gentiment.

Je pensais ce matin en m'habillant qu'il y avait des années que je n'avais pas enfilé un pull-over. J'entasse l'une sur l'autre des vestes, des gilets. Il y a à cela une raison qui nous amène à une autre caractéristique de la condition de vieillard : lever les bras fatigue. Passé quatre-vingts balais, et même bien avant, retirer un pull devient un travail harassant. Pour peu qu'il serre, c'est l'épuisement assuré. J'écris ces lignes à l'intention des fils, filles, petits-fils, petites-filles et autres humains ne réfléchissant pas beaucoup à ce qui les attend, c'est-à-dire tout le monde : n'offrez jamais un pull à un pépé. « Pas de pull pour Papy. » Un titre pour best-seller. J'en ai gardé un longtemps, mais le jour arriva où c'était lui ou moi. Par suite de lavages, la laine avait rétréci ou j'avais grossi, enfin le résultat était une lutte sans merci pour m'en vêtir : je terminais, après l'avoir enfilé, avec le sentiment que j'avais accompli le plus gros travail de la journée, tout au moins jusqu'au soir où je devais, en sens inverse, livrer une nouvelle bataille. Un rhumatisme itinérant n'arrangeant pas les choses, je pris un jour le taureau par les cornes et achetai une veste. Ma vie en fut changée. Je gagnai au moins vingt minutes par jour sur mon temps d'habillement. Tout alla bien les quatre premières années. J'entretins avec cette veste, bien qu'elle fût marronnasse et sans beauté, des rapports de confort, voire de sympathie, jusqu'à ce qu'un nouvel ennemi apparaisse : le bouton. Sans être parkinsonien, j'ai de temps à autre une trémulation des doigts. Pas suffisante pour renverser mon pinard sur la toile cirée mais tout de même assez marquée pour m'empêcher de faire coïncider boutons et boutonnières ; bref, le boutonnage est devenu un nouveau tourment. Je dois avouer que, parmi les réalités de la vie susceptibles de me rendre fou furieux, celle-là tient une place de choix. Sans doute parce que cet acte anodin me renvoie à ma décrépitude et qu'inconsciemment, je me dis qu'il faut être sacrément con pour ne pas être foutu d'introduire un bout de plastique dans l'ouverture prévue à cet effet. Donc, après avoir hurlé de rage et piétiné à plusieurs reprises la malheureuse laine, je me décidai à investir dans une nouvelle technique : la fermeture Eclair.

Nouvelle aventure, nouvelle veste. Sa couleur orange surprit quelque peu Benjoin qui s'en étonna. Je l'avais achetée sur catalogue, elle avait bonne mine sur la photo et la notice précisait qu'elle avait été étudiée spécialement pour des gens travaillant sur des chantiers. J'en avais déduit qu'elle devait résister aux grands froids. C'était inexact. Elle était en fait recouverte d'une sorte de teinture phosphorescente qui la rendait lumineuse durant la nuit. Nul doute que si j'avais passé la plus grande partie de ma vie en bordure d'autoroute, elle m'aurait évité bien des ennuis. Je me souviens du choc qu'elle produisit sur moi le premier soir. Nous étions en novembre et il avait fait froid très tôt cette année-là. J'avais donc revêtu mon nouvel achat et passais une soirée douillette avec lui. Je me déshabillai, l'abandonnai sur une chaise, me mis au lit, bouquinai un peu, et j'éteignis la lumière. C'est à cet instant précis que mon cœur s'arrêta de battre : au fond de la chambre, une masse fluo, sans doute une pieuvre, me scrutait, jaillie en direct des abîmes d'un océan de terreur. J'allumai et l'immonde céphalopode disparut pour laisser place à cette saloperie de veste que je fourrai dans l'armoire dont j'avais tout lieu de croire qu'elle en illuminait l'intérieur. Je m'y suis habitué jusqu'à ce que surgisse l'imprévisible : le coincement du zip.

C'est depuis cet instant que je sais de source sûre que les fermetures de ce style sont faites spécialement pour me rendre fou. Les personnes sensibles peuvent sauter ce qui va suivre afin de se ménager les coronaires. Un soir – il n'y a que quelques mois – la fermeture se coinça à mi-parcours, au moment où je m'apprêtais à ôter ma veste. Je m'escrimai sur la languette de métal une bonne demi-heure sans aucun succès. Je dus me rendre à l'évidence : je ne pouvais la retirer. J'eus un instant l'idée de dormir avec mais je défie quiconque de plonger dans le sommeil, revêtu d'une carapace lumineuse, gigantesque ver luisant me transformant en lanterne vénitienne. Je m'emparai alors de ciseaux et entrepris de la découper de façon à m'en extirper. Je ne sais si c'est le produit luminescent qui la recouvrait ou une qualité unique de polyamide la composant, mais il me fut impossible de l'entamer. La notice avait raison : cette veste était indestructible et les ouvriers l'ayant revêtue pouvaient affronter sans risque quelques bulldozers. Au plus fort de mon désespoir, je me souviens avoir envisagé d'appeler successivement les pompiers, SOS Dépannage, le SAMU, jusqu'à ce que, épuisé, je m'écroule sur le plancher en m'apercevant que le zip s'était dégagé tout seul et que j'étais libre.

J'allais retourner aux boutons sans grand enthousiasme lorsqu'il y a quelques jours, Benjoin m'a parlé d'une nouvelle technique : le scratch. Exactement ce qu'il me fallait, a-t-elle prétendu. L'horizon s'élargirait-il ? Je demande à voir. Il ne s'agit pas de se lancer à l'aveuglette dans les nouvelles technologies !

Longue liste des « je n'ai pas ».

Il en est de même pour chaque homme, je suppose, mais tout de même, j'ai l'impression que la mienne serait plus copieuse... longue et regrettable suite se prolongeant à l'infini.

Je n'ai pas vu Samarkand, ni Tanger ni Novgorod, ni Singapour, ni Djakarta.

Je ne me suis pas battu dans des bars new-yorkais, ni dans Brooklyn ni dans le Bronx.

Je n'ai pas pleuré lorsqu'une femme m'a quitté.

Je n'ai pas eu de chien.

Je n'ai pas joué du piano.

Je n'ai jamais mis de smoking.

Je n'ai pas eu de sœur.

Je n'ai pas eu d'ami véritable.

Je n'ai jamais su faire de tours de cartes ou de prestidigitation.

J'ai manqué toutes mes blanquettes de veau.

Je relis cette première salve. Elle traduit évidemment mes envies, pourquoi plus Novgorod que Montceau-les-Mines où je n'ai pas davantage mis les pieds ?

Je n'ai jamais dormi dans un palace.

Je n'ai jamais vu de baleines ni de fjords ni d'icebergs.

Les pantoufles du samouraï

Je n'ai pas escaladé le Kilimandjaro.

Je n'ai pas porté de slip en soie.

Je n'ai jamais copulé avec des femmes noires. Ni jaunes d'ailleurs. C'est l'un de mes grands regrets.

Je n'ai pas beaucoup aimé les roses. J'ai abandonné l'aquarelle à douze ans.

J'ai trop dormi dans ma jeunesse.

Je veille trop dans mes vieux jours.

Je n'ai pas aimé le jazz, ni le rock, ni Luis Mariano.

Je n'ai jamais su nager le crawl en coordonnant bras et jambes.

Je n'ai pas fait d'escrime ni de barres parallèles.

Je n'ai jamais lu Chateaubriand, ni Proust, et pour Balzac juste *Le Père Goriot*, et encore par hasard.

Je ne suis pas monté en montgolfière.

Je n'ai pas senti s'ébouler le sable des déserts entre mes orteils.

En fait, on pourrait passer la moitié de sa vie à évoquer ce que l'on a loupé dans l'autre, jeu mortifère et cafardeux qui pourtant, ce soir, me tente, vieille cicatrice croûteuse qu'il me démange de gratter.

Je n'ai pas aimé me surprendre dans les glaces.

Je n'ai pas retrouvé le goût d'une pastèque achetée par Maman en octobre 1938 sur le marché de Pornichet.

Je n'ai pas chassé le tigre au Rajasthan.

Je n'ai pas trouvé transcendantes mes prouesses sexuelles.

Le terme « prouesse » me paraît du reste particulièrement impropre en la matière. Avatar conviendrait mieux ; coincé entre une jeunesse éjaculatoire et une vieillesse évidemment mollassonne, je ne puis mettre à mon actif qu'un âge mûr masturbatoire, ce qui au fond n'est pas très reluisant.

Je n'ai jamais appris à danser le tango ni le paso doble ni la mazurka piquée ni quoi que soit d'autre, d'ailleurs.

Je n'ai jamais eu de grosses colères extérieures. Surtout pas avec mes élèves.

Mes élèves. J'y pense rarement. De moins en moins. Il y a une dizaine d'années, sur la place Mangeteau, je me trouvais en arrêt devant la vitrine du quincaillier Desbois, maison fondée en 1874. J'examinais les grille-pain et je me proposais de faire l'acquisition de l'un d'eux : nombreux modèles, écarts de prix importants... Cette entreprise me paraissait parfois, suivant les moments, marquée du sceau de l'inconscience, parfois tout à fait raisonnable car l'usage de cet appareil me permettrait d'utiliser mes restes de baguette au petit déjeuner, rendant inutile l'achat de biscottes, d'où économies. J'étais donc dans ma période d'hésitation qui, je dois le reconnaître, a constitué l'essentiel de mon existence, tout achat de quelque importance qu'il fût m'étant toujours apparu comme un saut dans l'inconnu, avec tout ce que cela implique de risque, voire de péril.

Donc, j'étais devant mes grille-pain lorsque l'on me frappe sur l'épaule. Je me retourne et vois un grand gaillard d'une quarantaine d'années qui me demande d'entrée si je me souviens de lui. Je n'ai pas été très surpris, la chose s'étant déjà produite : lorsqu'on me pose cette question, il s'agit d'un ancien élève dont je ne me souviens évidemment pas. C'est la réponse que je lui fais.

— Dugoin, dit-il, François Dugoin.

— Vois pas.

Les pantoufles du samouraï

— Vous m'avez eu quatre ans, de la seconde à la terminale. Dugoin. François Dugoin.

— En quelles années ?

Il cherche, s'embrouille. Drôle comme les gens oublient l'année de leur bac. Ils ont bien raison.

On parle un peu, il est aux PTT mais dans les bureaux, pas facteur. Parce que lorsqu'on parle de PTT, on voit toujours un facteur avec la sacoche et la bagnole jaune.

— Et Martinot, vous avez revu Martinot ?

Pas revu Martinot dont j'ai oublié jusqu'à l'existence.

— Il est prof, les maths comme vous, il est en dépression.

Je m'apitoie. Il transmettra ma sympathie à Martinot. Et puis, je ne sais pas ce qui me prend, à la fois parce que je ne sais plus quoi lui dire et que je me laisse aller à une pointe de coquetterie, je fais le beau :

— Ça m'a fait plaisir que vous m'ayez reconnu. C'est la preuve que je n'ai pas trop changé.

Sourire de Dugoin. François Dugoin.

— C'est pas ça, c'est que vous avez toujours la même veste.

Un con, Dugoin. Un vrai con. Il me semble me le rappeler. Je lis d'ici son carnet scolaire : « Ne manifeste aucun intérêt pour son travail ! », « Résultats au-delà du médiocre. » C'est vrai que c'est la même veste, mais ce n'est pas une raison, une veste en cuir achetée chez Berland, le vêtement qui vous va comme un gant. C'est vrai qu'elle m'a fait de l'usage. C'est pas une raison pour me la ressortir vingt ans après. *Exit* Dugoin. François Dugoin.

Ciel breton, vent frisquet pas du tout de saison. Je continuerais bien à écrire mais je ne sais pas vraiment quoi. J'aime me trouver en compagnie de ce cahier et de mon stylo. Comme si je m'étais fait de nouveaux copains. J'en viens à me dire que l'un des secrets de l'écriture est complètement tactile, donc sensoriel. Tous se lancent dans de grandes explications : ah ! exprimer mes tourments, mes intérieurs superbes et douloureux, ma souffrance si unique, ma magnifique douleur, mes intestins incandescents, mon inspiration marquée des dieux, mon style inimitable, ma pensée délicate et constructive, mon humour corrosif et délié... En fait, ils ont chopé la manie d'avoir un stylo entre les doigts qu'ils aiment tripoter, et voilà l'explication. C'est comme les types qui mâchent du chewing-gum, mâcher devient un besoin, un TOC, pareil pour l'écriture.

Je ne voudrais pas terminer cette journée sans dire, et ceci à l'intention des générations futures, que je n'ai finalement jamais acheté de grille-pain.

2

« Les trompettes de la renommée sont un peu gelées par ici. »

Louis-Ferdinand Céline

Chose qui me paraît étonnante aujourd'hui : j'ai attendu deux jours avant de me rendre dans ma nouvelle épicerie. Avais-je déjà le pressentiment que cette visite allait bouleverser ce qui restait de mon existence ? Certainement pas. Je n'ai jamais eu le moindre pressentiment de ma vie, je n'allais pas m'y mettre sur la fin. Je n'ai pas eu non plus un emploi du temps particulièrement chargé. Pour qu'il fût chargé, il aurait fallu que j'aie un emploi du temps, ce qui est loin d'être le cas. Je me lève vers 7 heures, pour pisser, je me recouche sans me rendormir, et je rêvasse. Le fait que je sache que je n'ai strictement rien à faire au cours de la journée qui commence m'a rempli à une époque d'une panique que j'ai su, au cours des années, transformer en nirvana. Cela s'appelle la sagesse.

Deux ans après ma retraite, j'ai consulté mon agenda de l'année qui venait de s'achever. Dire qu'il était vide serait excessif, j'y trouve trois annotations, la première en date du 17 février.

Je lis, cerclée d'un feutre noir, la mention suivante : « acheter chaussures ». Pourquoi ai-je jugé nécessaire d'inscrire cet impératif en date précisément du mercredi 17 février ? Nul ne peut le dire.

La deuxième remarque se situe le 15 juillet : « enterrement Goupieux ». Goupieux était un ex-collègue qui, si je m'en souviens bien, était délégué syndical et faisait signer des pétitions, ce qui lui prenait l'essentiel de son temps. Il arpentait les couloirs d'un air affairé et vous tendait papier et stylo-bille avant que vous ayez eu le temps de vous replier en désordre.

Un rouleau de papier hygiénique manquait ? Une pétition. Pas de chiffons à craie en nombre suffisant ? Pétition. Photocopieuse en panne ? Pétition. Remarque du proviseur sur le nombre excessif de pétitions ? Pétition.

Je lui dois d'avoir signé une pétition en faveur de Khomeiny. Un joli coup qui m'épate encore. Il avait expliqué au cours d'une assemblée générale que le shah d'Iran était un tyran épouvantable, passant ses journées dans les caves de son palais à torturer avec ses sbires des opposants au régime. Pour lui porter un coup mortel, il fallait donner l'appui de tous les travailleurs à un saint homme exilé en France dont le bon regard et l'ouverture d'esprit ne manqueraient d'apporter à son pays la dose de démocratie qui lui manquait cruellement. Il ne faisait aucun doute dans l'esprit de Goupieux qu'un homme qui abat un tyran ne pouvait pas être encore pis, cela aurait endommagé sa conception balancée de l'Histoire, un bon, un méchant, un bon, un méchant... J'avais donc signé pour Khomeiny, participant par ce geste même à précipiter une bonne part du Moyen-Orient dans l'obscurantisme le plus féodal, la guerre la plus meurtrière, le despotisme le plus cruel... Je n'ai jamais pu, depuis cet instant, croiser à la télévision le regard d'une Iranienne sans me dire que si elle portait le voile, si elle était lapidée lorsqu'elle trompait son mari, si ses douze frères avaient été massacrés, que les survivants se tapaient l'école coranique, si sa maison natale n'était plus que ruines et si elle avait travaillé dans une usine de kalachnikovs, section montage, alors qu'elle se destinait à la traduction des classiques grecs, c'était entièrement ma faute. Merci, Goupieux.

Pourquoi avais-je noté la date de son enterrement ? Je l'ignore encore. Je n'avais jamais été particulièrement copain avec lui. Le fait que les obsèques aient eu lieu à Mont-de-Marsan rend le fait encore plus surprenant, je n'allais pas parcourir la moitié de l'horizon pour m'incliner sur la tombe d'un type dont j'avais oublié jusqu'au visage. Je n'avais jamais prévu une seule seconde de m'y rendre, craignant d'ailleurs qu'une main crevant le cercueil ne brandisse une pétition nouvelle concernant le service déplorable du cimetière.

La troisième annotation se situe le 18 novembre, elle tient en cinq lettres : « slips ». Je ne pense pas qu'une explication soit nécessaire.

Quoique.

J'entretiens avec mes slips des rapports d'une grande connivence. Dans ma jeunesse, j'ai toujours eu l'impression que changer de slip était un peu commencer une nouvelle vie. Les années se sont chargées de tempérer cette impression.

Tout cela pour dire que mon agenda de 365 jours ne possédait que trois annotations par ailleurs tout à fait inutiles car, pour noter un enterrement où l'on ne va pas et la nécessité d'acheter des slips et des godasses, il n'est certainement pas utile de l'écrire. J'ai donc supprimé les agendas, et, par là même, j'ai rayé les emplois du temps de ma vie.

Voilà où je voulais en venir.

Il est temps tout de même, et sans doute aurais-je dû commencer par là, de prévenir l'aimable lecteur, si tant est qu'il y en ait un ou une, et en supposant qu'il ne s'en soit pas encore aperçu, que je ne sais pas écrire.

Précisons : ce livre est mon premier, et il apparaît évident que je me perds dans le récit. Par exemple cette histoire de slips, de chaussures et de Goupieux, la pétition, tout est superflu, et un technicien du suspense t'aurait fait disparaître ce genre d'incidentes en moins de temps qu'il n'en faut pour le dire. Donc soyons franc : je ne maîtrise pas l'art direct du récit. Je devrais déjà être au cœur du sujet. Le plus bizarre c'est qu'un éditeur accepte un jour de me publier. Alors là, la surprise. La vie offre parfois des excentricités mais je n'y crois guère, et ce n'est pas mon but.

Je vais essayer de poursuivre en faisant un peu plus attention à ne pas m'engager trop loin dans les chemins de traverse.

Trois jours après les événements qui font l'objet du chapitre précédent, je veux dire par là la fermeture de mon épicerie, je pris la rue du Repentir.

Pas un chat.

Il n'y avait déjà personne sur mon chemin habituel, mais dans ce coin-là, c'était pis. On me dira qu'on ne peut pas prétendre qu'une rue, si elle est déserte, soit plus déserte qu'une autre qui l'est également.

Eh bien si ! Je prétends qu'il y a des différences entre les vides et qu'il en existe de toutes sortes. Si les rues qui menaient à l'épicerie n° 1 étaient vides, on pouvait penser qu'il était possible qu'elles pussent, à certains moments de l'année ou de la journée, être pleines. Ou pour ne rien exagérer, il pouvait se faire qu'on y croisât quelques passants. Je me demande d'ailleurs si cela ne m'est pas arrivé. A l'inverse, dans la rue du Repentir m'amenant à l'épicerie n° 2, non seulement il n'y avait personne mais il était impensable qu'il y eût jamais quelqu'un. Je ne sais pas à quoi cela était dû, à l'architecture, aux façades, aux volets tirés, à la sonorité de mes pas sur les trottoirs étroits, à la lumière se reflétant sur les vitres mortes : il paraissait évident pour tout être normalement constitué qu'aucun être vivant n'aurait été assez idiot pour venir se fourrer dans un coin pareil. Non qu'il fût laid, il était simplement au-delà de la vie, au-delà de tout. Une désolation sépulcrale se dégageait de ce coin de la ville, et je n'avais jamais éprouvé une pareille sensation depuis une promenade, quarante ans auparavant, un lundi, sous la pluie, sur le boulevard Magenta qui, comme chacun sait, est un lieu pour grands suicidaires et dont les vitrines, peuplées de mannequins inexpressifs revêtus de costards en soldes, expriment toute la misère humaine en une parodie immobile de l'existence.

Je débouchai donc dans cette fameuse rue et je pus voir sur le trottoir opposé à celui que j'avais emprunté la façade étroite d'un magasin.

Me voici devant l'épicerie.

Décrivons un peu. La porte était haute et étroite, une seule personne pouvait y passer à la fois. De chaque côté, une vitrine semblablement resserrée comportait deux étagères superposées sur lesquelles, malgré la faible luminosité de l'endroit, je vis luire des boîtes métalliques qui me parurent contenir du cirage, mais je n'affirmerai rien. On devinait également des pots de confiture dont les étiquettes étaient anciennes et illisibles. Ça, c'était pour la vitrine de gauche. Celle de droite tirait plus du côté du capharnaüm. Dans un cageot penché à l'oblique pour présenter au public son contenu, on apercevait une salade visiblement fatiguée, frangée de feuilles de dentelle passée, sans doute une laitue.

Cernant le cageot, des pyramides de tampons Gex et sur le haut, couronnant le tout, une poupée de porcelaine aux yeux de verre dans une robe de taffetas gris dont les manches et le col étaient brodés. Un travail ancien. Les cheveux noués par un ruban que les soleils successifs avaient délavé paraissaient être de vrais cheveux. Cela me rappela qu'on m'avait raconté qu'autrefois, les femmes pauvres vendaient leurs tignasses pour boucher leurs fins de mois afin que les riches puissent porter des perruques. Peut-être quelque créature du début de l'autre siècle avait-elle, pour quelques centimes, coupé sa chevelure afin que cette poupée puisse séduire les fillettes des quartiers chic. Ce genre de jouet m'a toujours flanqué le trac.

Pas le trac vraiment, mais une poupée me met mal à l'aise, cet œil brillant parodiant la vie humide de la prunelle, la fixité mortelle d'un regard sans expression. Pendant quelques années, il y eut une mode qui consistait à créer la peur à partir de poupées, de pantins, ces jouets devenaient malfaisants, démoniaques...

Encadrant la poupée, des boîtes de pastilles en piles formaient deux colonnes identiques : je dus me hisser sur la pointe des pieds pour lire le nom sur le couvercle, « pilules Khiva pour le bon fonctionnement de vos reins ». Elles me parurent peu récentes, on voyait un visage souriant cerclé de fleurs des champs, sans doute celui de l'inventeur desdites pilules. Le métal avait quelque chose de rouillé, ou était-ce la lueur des derniers rayons du soleil ?

Je n'avais pas fini de me poser la question qu'à l'intérieur de la boutique restée obscure, une lampe s'éclaira. Attention, pas une illumination, l'éclat trouble d'une mauvaise ampoule au voltage faiblard.

J'entrai.

Il y avait un type au fond, entre des sacs. Il se tenait derrière une caisse enregistreuse d'un modèle que je croyais disparu. De l'endroit où je me trouvais, je n'arrivais pas bien à le distinguer, d'autant que la lampe était placée de telle façon qu'elle devait m'éclairer moi, et pas lui.

Ce fut lui qui me salua en premier. Je me souviens encore parfaitement du son de sa voix, il me parut presque joyeux ou tout au moins affable, ce qui pouvait paraître surprenant, étant donné le cadre tout de même assez cafardeux du magasin. Je me suis demandé, en me trouvant dans cette sorte de placard désordonné, si un autre que moi avait jamais pénétré en ces lieux.

Il y avait des saucissons pendants, sur la gauche des anchois marinaient dans des barriques, une odeur stagnait : saumure et cannelle. Derrière le propriétaire, les bouteilles montaient jusqu'au plafond, une armée verticale de soldats de verre.

— Belle soirée, hein ?
— C'est le pays, dis-je.

Il se mit à rire.

— Vous habitez le quartier ? Je ne vous ai jamais vu... ce n'est pas un reproche...

Je fatigue toujours à engager une conversation.

Délicat de lui expliquer que je venais chez lui parce que c'était fermé ailleurs.

En me déplaçant en crabe entre des caisses de savon, je pus profiter d'un reflet dans une vitre et constater que cet homme possédait une particularité frappante : il avait un regard doux.

Je ne trouve pas d'autre mot, sans doute par un manque affligeant de vocabulaire, mais les yeux qu'il posait sur moi en cet instant avaient quelque chose d'assez rare. Je n'y découvris pas une once d'interrogation, de défiance ou de méfiance, je me suis trouvé englobé, enveloppé dans une ouate de palpable sympathie. L'homme que j'avais devant moi m'attirait dans une eau pure et profonde de confiance. Un lac s'ouvrait, tiède, j'y entrais et il entrait en moi, m'emplissant d'une étonnante et rare douceur. Je sais offrir parfois une apparence rugueuse, les rares voisins que je fréquente conserveront de moi le souvenir de quelques grommellements plus que de sons articulés et signifiants, mais là, en cet instant, quelque chose fondit en moi, des murailles croulèrent, pour faire biblique.

N'allons pas jusque-là, mais disons que les remparts que je trimbale en permanence autour de ma personne ne se hérissèrent pas des habituelles pertuisanes. J'eus même une tentation de bavardage.

Bizarrement, cet homme tapi dans le fond de sa boutique me donnait envie de parler. Je ne cédai pourtant pas à la tentation, car on ne sait jamais ce qui peut découler du fait de suivre son premier mouvement. La vie m'a appris divers trucs. Très peu en fait. Mais en particulier qu'il est dangereux de se laisser emporter par une envie immédiate. Il avait la soixantaine. En gros. Il portait encore la blouse grise des épiciers d'autrefois, blouse qu'ils partageaient d'ailleurs avec les instituteurs. J'étais étonné de ne pas lui trouver un crayon derrière l'oreille et le petit carnet à souche pour noter les commandes.

Je promenai un regard sur le souk qui m'entourait et arrêtai mon choix sur des œufs. Comme le reste des marchandises, ils avaient l'air d'être là depuis le siècle précédent, mais je n'allais pas, étant sans doute l'unique client de la boutique depuis un quart de siècle, lui faire l'injure de repartir les mains vides : je pris donc les œufs et m'approchai d'une vitrine surbaissée dans laquelle trônaient, dans une assiette, des tranches de fromage de tête. J'adore le fromage de tête mais celui-ci me parut appartenir à une race lointaine de fromage de tête. S'il existait dans le monde, ce qui est loin d'être exclu, un musée du fromage de tête, celui-ci y figurerait sans doute dans les premières travées de la première salle, sous l'indication : « Prototype considéré comme l'ancêtre original apparu sur la planète de ce que nous appelons aujourd'hui "fromage de tête". Cet exemplaire unique a été découvert en 2005 dans une échoppe de la rue du Repentir dans l'état où il se trouve aujourd'hui. On est prié de ne pas laisser de traces de doigts sur la vitrine. »

Je me contentai donc d'acheter une demi-douzaine d'œufs. Si je ne trouvais pas à l'intérieur des fœtus de diplodocus fossilisés, je pourrais tenter d'autres aventures, telles que portion de fromage de tête, confitures diverses, etc.

Il y eut un temps où, pour meubler le silence qui s'était installé et que mon vis-à-vis ne cherchait pas à rompre, j'aurais posé une question telle que : « Sont-ils frais ? » Il m'aurait répondu « oui », et je serais parti, persuadé que cet homme était un menteur. En plus, je ne me suis jamais passionné pour la fraîcheur des œufs. Du jour ou du surlendemain, je défie quiconque de faire la différence. Que l'on ne vienne pas me dire que je ne m'y connais pas, voici soixante-dix ans que je me fais des omelettes, des « coques », des « sur le plat », j'en passe et des mollets, alors tout ce qui est ovoïde m'est familier. La règle est simple : on casse un œuf, quand la coquille est brisée on se penche légèrement sur le plat dans lequel il gît, jaune circulaire nageant dans son océan de blanc visqueux aux nuances urinaires. Il faut alors respirer fortement et deux cas se présentent : on ne sent rien, il peut alors être consommé, ou un fort relent de grille d'égout vous envahit les narines, et il vaut mieux s'abstenir. Rien de plus simple, pas besoin d'en faire des pendules sur l'œuf de l'avant-veille ou de la semaine passée.

Je m'approchais donc de la caisse avec ma boîte d'œufs lorsque je vis, posée sur une tablette, une quantité réduite mais suffisante de cartouches de cigarettes.

Je laissai alors échapper une remarque d'un bon sens irréfutable.

— Vous vendez des cigarettes ?

Il me sembla que son sourire s'accentua.

— Je n'ai pas le droit, mais le buraliste le plus proche est à trois kilomètres, alors je dépanne les gens du quartier.

Il y avait donc d'autres clients.

Je constatai qu'il n'y avait qu'une seule marque, des Dumbs sans filtre.

Les connaisseurs le savent, il est extrêmement difficile, depuis quelques années, de trouver des Dumbs, quant à des Dumbs sans filtre, c'était comparable à la découverte d'une bouteille d'eau gazeuse embuée de fraîcheur dans les dunes torrides du Kalahari, lorsque les marteaux du soleil pulvérisent les pierres et transforment les muqueuses en paille de fer.

J'en oubliai les œufs, pris un paquet de Dumbs et lui tendis un billet de dix euros.

C'est alors que la chose se produisit.

Il me rendit la monnaie et, comme j'étais à cet instant très proche de lui, je puis certifier qu'il avait dans chacune des rides de son visage plein d'intense gentillesse.

Je pris le paquet et me sentis saisi, chose rarissime me concernant, de l'envie de lui être agréable, de lui dire quelque chose du style « Désormais, vous serez mon unique épicier », avec évidemment moins d'emphase et de sirop dans les trémolos.

J'arrivai donc, bien que l'exercice ne me fût pas familier, à me remonter les lèvres en les étirant en direction des pommettes de façon à former ce que l'on appelle le plus souvent un sourire. Les muscles nécessaires à cette entreprise étaient peu entraînés et je mis du temps à parvenir au résultat escompté dont je ne garantis pas qu'il fût satisfaisant.

Il me regardait à ce moment-là et son amabilité s'accrut de la mienne. A partir de cet instant, je vais m'efforcer d'être précis car chaque détail a son importance. Je fis, étant donné l'exiguïté de l'endroit, un demi-tour sur place et franchis l'espace qui me séparait de la porte, évitant le pendouillement des saucissons déjà mentionnés.

Cela me prit deux pas.

Je posais ma main sur la clenche lorsque sa voix retentit derrière moi. Je retranscris la phrase qu'il prononça avec exactitude, je me la suis souvent répétée depuis ce moment : « Ça vous intéresserait de savoir combien il vous en reste ? »

Je n'ai pas compris de quoi il voulait parler. Je me demande d'ailleurs encore si j'y suis aujourd'hui parvenu.

Je me suis retourné et, à tout hasard, j'ai dit :

— Bien sûr.

Il m'a semblé que la lumière de la lampe l'éclairait davantage, comme s'il y avait eu un survoltage électrique.

Il se tenait penché sur un cahier que je n'avais pas remarqué jusque-là. Un cahier d'écolier avec une marge rouge et des petits carreaux.

Des colonnes de chiffres y étaient inscrites avec des noms.

Penché, je pus m'apercevoir qu'il était presque chauve. Je ne sais pas pourquoi je notai ce point, mais ma mémoire l'a enregistré.

Il a relevé la tête et a pris un air que je connaissais déjà : c'est celui qu'arborent les toubibs lorsque, examinant votre radio des poumons, ils aperçoivent quelque chose qui ne va pas être réjouissant à annoncer. Le style : j'ai vu pire, ça doit pouvoir s'arranger, mais il vaut mieux que je vous enlève deux lobes, et de préférence avant la fin de la semaine.

Vous vous rendez compte alors qu'on est déjà jeudi et que vous en avez fini pour un bout de temps avec la rigolade.

— Quatorze. Quatorze paquets.

Je ne sais pas si c'est l'éclat de ses yeux trop bienveillants, mais j'ai balbutié quelque chose qui devait vouloir dire : « Merci du renseignement. » Et je suis parti.

La porte a tinté derrière moi et je me suis retrouvé sur le trottoir.

La rue était toujours vide, la soirée toujours belle, mais j'ai compris en cet instant que je venais, par la plus grande inadvertance, de pénétrer dans un univers qui ne me lâcherait pas.

Qu'est-ce qu'il avait voulu dire ?

Où était la méprise ? Qu'est-ce que c'était que ces chiffres sur son bon Dieu de cahier ?

En descendant la rue du Repentir, j'ai cherché une explication. J'avais loupé quelque chose à un moment. A quoi correspondait le chiffre 14 ?

Je me souvenais bien précisément de sa question : « Ça vous intéresserait de savoir combien il vous en reste ? » Il n'avait pas dit « il en reste ». Il parlait de moi, j'en étais sûr.

Et de toute façon, il en possédait bien plus que ça, il y avait une dizaine de cartouches sur la table, dix minimum, et dix cartouches ça fait cent paquets, ça n'en fait pas quatorze.

Je suis rentré chez moi.

En pénétrant dans le salon, je suis allé directement à mon fauteuil et me suis assis sans ôter mon chapeau.

Je ne sors jamais sans, mais l'un de mes premiers gestes, lorsque je rentre à mon domicile, est de le déposer dans l'entrée, sur un perroquet placé à cet effet en face de la porte. Il y eut même une période déjà lointaine où j'avais pris l'habitude de le lancer d'un geste ample et négligent pour qu'il y restât accroché. J'avais vu faire cela dans un *James Bond*, je crois, et la chose m'avait frappé. Je n'obtins que des résultats mitigés concernant cet exercice. Je n'ai pas établi de statistiques précises mais disons, en gros, que je loupais mon coup huit fois sur dix. Cela m'obligeait à le ramasser, ce qui entraînait une double peine, un léger sentiment d'humiliation que l'on pourrait traduire par « N'est pas James Bond qui veut », et le surgissement inopiné d'un tour de reins se transformant peu à peu en lumbago, suite à des ramassages quotidiens.

Je mentionne donc que ce soir-là je gardai mon chapeau, non pas pour en remplir des pages ni pour faire le malin, mais pour montrer combien j'étais préoccupé par ce qui venait d'avoir lieu.

La nuit tombait.

Je n'ai pas allumé la suspension.

C'est étrange, le nombre d'hypothèses qui peuvent surgir pour expliquer un fait unique. J'ai essayé de les ranger par ordre de probabilité, mais n'y suis absolument pas parvenu. J'en cite ici quelques-unes, mais j'ai dû en avoir bien d'autres alors que l'obscurité avait envahi la pièce. J'ai remarqué que les hypothèses naissent le plus souvent dans la pénombre, elles ont cela en commun avec les moustiques et certaines fleurs nocturnes qui ne s'épanouissent que dans le noir.

J'ai donc pensé d'abord que je n'avais rien compris à ce qu'il m'avait dit. J'ai depuis quelques années des problèmes avec mes oreilles. Il serait bien étonnant que, passé les quatre-vingts balais, il en soit autrement. Mon dernier audiogramme date d'il y a dix ans, et j'ai décidé, au vu des résultats, de ne plus jamais remettre les pieds chez un oto-rhino si je voulais conserver encore un peu d'optimisme pour le restant de ma vie auditive. Je me suis donc installé dans une demi-surdité avec beaucoup de commodité et j'y trouve mon compte, retirant une grande satisfaction à échapper de façon permanente à un nombre conséquent de conneries.

Il était donc possible que j'aie mal entendu. Je n'y croyais pas trop car, tout de même, je ne suis pas complètement sourdingue et la phrase que j'ai perçue me paraissait bien avoir été prononcée.

Autre solution : l'épicier m'avait confondu avec quelqu'un d'autre. Ce quelqu'un avait laissé du pognon et il lui restait de quoi acheter encore quatorze paquets de Dumbs.

Voilà, c'était ça, c'était sûrement ça.

J'ai fermé les yeux. Pourquoi savais-je avec certitude que ce n'était pas cela ?

Je suis resté longtemps dans le noir venu, j'ai dû dormir un peu. C'est la première fois que cela m'arrivait en gardant mon chapeau sur la tête.

3

« Pourquoi est-ce que j'écris un bouquin pareil et Pourquoi est-ce que vous le lisez ? Qu'est-ce qu'on fout là ? On devrait se tirer de ce merdier et vivre un peu. »

Nick Tosches

Insidieusement, à petites années comme on dit à petits pas, le monde m'est devenu antipathique.

Tout s'est passé comme si le sourire des hommes et des choses s'était effacé lentement pour finir en une grimace sévère. Les lèvres se sont incurvées, il ne reste des bouches rieuses des femmes, des villes et des fleurs, qu'une fente amère et attristée. Le temps érode les accords.

Non que j'aie entretenu avec l'univers qui m'entourait des rapports de grande connivence, mais il m'est advenu de capter une harmonie, une bienveillance, aussi bien dans un coucher de soleil que dans l'œil d'un contrôleur RATP poinçonnant mon billet.

Les pantoufles du samouraï

Le temps a fui et je baigne dans une sorte de vague acrimonie qui se renforce de jour en jour. Pourquoi tout a-t-il cette couleur ferreuse et uniforme qui est celle de l'agressivité ? Je surprends mon reflet dans des glaces, mon expression habituelle est d'offrir une face fermée. Qui se donnerait la peine de l'ouvrir, il faudrait pour cela une bienveillance que ces temps ne fournissent plus.

Je fais la tête en permanence. Ne nous étonnons donc pas que tout, autour de moi, me tire la gueule. D'où cela est-il venu ?

Ce soir la mort me préoccupe : elle fut dans mon enfance un sujet de respect. Femmes en noir, crêpes au bras des hommes, il y avait du grand deuil, du demi-deuil, peut-être du quart de deuil, bref du deuil. On parlait doucement, on n'écoutait plus de musique. La famille se refermait. Mme Tarbate-Despréaux, une amie de Maman, évoquait souvent son défunt. Elle prononçait le mot comme si elle suçait un caramel : « Mon défunt n'aurait pas accepté que l'on vende la maison... Mon défunt lisait au moins un livre tous les mois... » Je n'avais pas connu M. Tarbate-Despréaux de son vivant, mais en revanche, j'étais un familier de « Mondéfunt », personnage au caractère bien trempé qui avait fini facteur aux écritures, à la gare de Saint-Amand-Montrond. Maman servait le café, tentant de parler de n'importe quoi, du temps par exemple, bien pluvieux depuis le début de la semaine. « Si vous saviez comme Mondéfunt souffrait des rhumatismes dans les derniers temps ! Et jamais une plainte ! » Maman encaissait, s'infiltrait entre deux compliments à Mondéfunt : « Vous avez vu le prix des tomates, Adrienne ? On se demande où on va... » Adrienne Tarbate-Despréaux acquiesçait :

« Mondéfunt disait toujours que les légumes seraient de plus en plus chers... » Un fin économiste, Mondéfunt, sa statue se peaufinait chaque fois : un homme droit, omniscient, intègre, dur au mal, d'une intelligence aiguë. Je me demandais ce qu'il foutait à Saint-Amand-Montrond alors qu'il aurait dû être chef, superchef de la SNCF, directeur ou même ministre, voire président, d'ailleurs Adrienne l'avait affirmé : « Si la France avait écouté Mondéfunt, il n'y aurait pas eu la guerre de 40. Il était contre. » Formidable Mondéfunt ! pas de Stalingrad, ni de débarquement, ni de bombardements, pas de Buchenwald ni d'Iwō-Jima, pas d'El-Alamein : 30 millions de morts, les villes rasées... Vous voyez l'économie ? Tout ça parce que personne n'a voulu entendre la parole de Mondéfunt. Un vrai gâchis !

Ce qui précède pour dire qu'il y avait alors du respect pour les morts. Même si cela n'allait pas toujours dans le sens de l'encensement, on s'inclinait. Un mort est toujours un vaincu, donc pas la peine de s'acharner. Sur la tombe de la tante Louise, on apportait des chrysanthèmes une fois l'an, on savait bien qu'elle avait été une emmerdeuse forcenée, une punaise mauvaise, fouille-merde et vipérine, mais quoi, tout cela avait disparu avec elle, on n'allait pas en faire un fromage revanchard... Il restait la dépouille sous le marbre, c'est-à-dire rien, elle n'était plus qu'un mauvais souvenir dans les têtes, on ne l'évoquerait plus parce que la mort était passée et avait effacé l'ardoise. Voilà, c'était ça, la mort était la grande et universelle éponge. C'était un restant du culte des morts dans les civilisations blanches et occidentales. Il arrivait qu'au cours de discussions, on parle de l'un d'entre eux : « Tu te rappelles la Phémie ? Celle qu'on lui disait 5 francs, parce que avec 5 francs, elle se quittait le pantalon... » Ça commençait à rigoler le long du comptoir, mais il y avait toujours quelqu'un pour dire : « Elle est morte en 51 », et ça calmait aussitôt les rigolades. Il venait même dans les têtes comme une petite tendresse qui montait. Pauvre 5 francs...

Ma mère employait l'expression « Mon pauvre père », « Le pauvre oncle Alfred »... tous les morts étaient pauvres. Oui, il fut un temps où les vivants rendaient aux disparus cet hommage gratuit, survivance lointaine de cultes plus fervents, mais ce n'était déjà pas si mal, on n'adorait pas les ancêtres mais enfin, on s'efforçait d'oublier les coups fourrés, les acrimonies... La faux était passée.

J'ai successivement utilisé un tournevis, une pince et un marteau pour ouvrir un pot de confiture de groseille de marque Cécibon. J'aurais dû me méfier. Des gens capables d'appeler leur saloperie Cécibon peuvent avancer loin dans le domaine du crime. Donc, ça s'est produit ce soir sur le coup de 20 h 30. Sans grand espoir, j'ai tenté de tourner le couvercle en utilisant le torchon à vaisselle pour éviter à mes paumes de glisser sur le métal. Je n'ai pas insisté. Voici belle lurette que je ne crois plus qu'un pot de confiture s'ouvre en utilisant uniquement ses mains nues. Depuis longtemps, les confiotes Cécibon et leurs congénères ont décidé de ne céder qu'aux haltérophiles, culturistes et autres individus dans la force de l'âge, spécialisés dans le biceps en béton et possédant une poigne impitoyable. J'ai, il y a quelque temps, tenté de soulever le couvercle en utilisant un couteau dont la pointe s'est cassée. C'est de là que j'en suis venu à l'usage du tournevis que j'utilise alternativement pour arriver à mes fins, comme outil de torsion et de percussion.

Maman avait décidé de faire ses propres confitures, non par goût de ménagère tenant à nourrir sa progéniture et elle-même des fruits de son propre travail, mais parce qu'elle en avait marre de bloquer son pot entre le chambranle et la porte comme dans un étau, tandis qu'elle forçait de la tenaille sur le couvercle. Elle avait donc réglé ce problème, avant de tomber dans un autre, moins violent mais bien plus diabolique : celui du paquet de biscottes.

Elle m'en entretenait souvent car ce sujet était pour elle un perpétuel sujet d'étonnement : comment, alors que l'homme marchait sur la Lune, que les satellites se croisaient dans la stratosphère et que l'informatique envahissait chaque centimètre de nos vies, comment est-ce que personne n'avait pu résoudre l'épineuse difficulté de l'ouverture d'un paquet de biscottes sans en sortir les trois quarts brisés par la manœuvre. J'ai, durant une partie de ma vie, pris un petit déjeuner composé au mieux de biscottes pulvérisées : nous étions abonnés aux fragments, ils devenaient de plus en plus petits pour finir dans une poudre quasi impondérable. Venait alors le moment du nouvel achat d'un paquet : nous le transportions avec d'infinies précautions, le posions sur la table et, comme l'on défait les pansements d'un grand brûlé, nous tentions de percer l'une des grandes énigmes de ce monde moderne : la mise au jour de la biscotte hors de son sachet protecteur, véritable naissance qui, certains soirs, à la lampe, nous apparentait, ma mère et moi, à de précautionneux gynécologues. La comparaison est d'ailleurs fort mauvaise car la différence qui sépare un nouveau-né d'une biscotte est de taille : si l'un tente de sortir, l'autre cherche à rester. Je sais, depuis ces moments, qu'il y a chez la biscotte une évidente mauvaise volonté. C'est une cabocharde. La preuve en est qu'au moindre geste en trop, à la moindre incartade, elle explose. Suivant les caractères, cette explosion est maîtrisée, se traduisant par la naissance en surface de fissures imperceptibles mais mortelles. Même saisie avec une délicatesse quasi chirurgicale, la biscotte se rompt sans un soupir avec une sorte de farineuse dignité. D'autres, plus impulsives, éclatent en un multiple éparpillement dès le premier contact. Conserves de lentilles, confitures, tripes à la mode de Caen, cassoulets divers, sardines : lorsque je déambule devant toutes ces boîtes, j'ai la vision d'une très vieille dame, chétive et menue, contemplant chez elle leurs étiquettes bariolées. A ses pieds, on aperçoit une paire de pinces-monseigneur, un pied de biche trop lourd pour qu'elle puisse le soulever, et des morceaux de lime à ongles. Elle est seule dans l'immeuble, c'est l'été, tous ses voisins ont fui vers des plages lointaines : voici trois jours qu'elle tente d'arracher des raviolis bolognaise à leur prison d'aluminium. Ce fut peine perdue. D'ailleurs, peu à peu, le désespoir a transformé son fin visage de grand-mère. Avec les heures qui passent, la faim augmente et ses forces diminuent. Elle sait à présent que ce monde appartient aux muscles, aux puissants. J'ai éprouvé moi-même ce sentiment l'an dernier alors que je luttais avec l'un des adversaires les plus coriaces de l'homme d'aujourd'hui : les petits pois Dugroin. Allez savoir pourquoi j'avais eu, ce soir-là, envie de petits pois. Le moral devait être assez bas car le petit pois, même surfin, est par nature insipide et difficile à saisir. Après un combat sévère, j'étais parvenu à deux résultats : m'ouvrir l'index de la main gauche sur une longueur de trois centimètres, et pratiquer un trou à la surface de la boîte grâce à un objet que les spécialistes nomment percerette ou foret, suivant les régions. J'avais envisagé un moment d'agrandir ce trou de façon que les petits pois, un par un, se déversent à l'extérieur. J'avoue, mais la fatigue excuse bien des choses, avoir également pensé à utiliser une large paille, mais l'idée d'aspirer chaque petit pois me parut être le summum du ridicule, et j'y renonçai assez vite. De ce jour date la décision d'acheter un ouvre-boîtes haut de gamme.

Je le possède toujours et j'espère y consacrer les dix prochains volumes de mes aventures extraordinaires. Certains s'étalent pendant des tomes sur leur voilier chéri, leur bagnole superbe, leurs femmes magnifiques, leurs cravates chatoyantes, leurs armes rutilantes, leurs Rubens grande époque, leurs orgasmes grand format, moi ce sera mon ouvre-boîtes haut de gamme.

Pour être haut de gamme, il l'était. Je m'en suis aperçu à trois détails :

1) L'étiquette le stipulait en gros caractères.
2) Le prix le confirmait.
3) Au lieu d'une estafilade au doigt de trois centimètres, j'ai failli y laisser mon bras droit.

Je reviens à ma mémé : la dernière image que j'ai d'elle pourrait s'intituler « la dernière bataille ». Elle est à terre, expirante, tentant dans un dernier effort d'attirer l'attention en brandissant par la fenêtre proche une conserve de pêches au sirop de marque Cécidou. Las ! la rue est vide et l'avenue déserte, elle se meurt, voilà trois semaines qu'elle n'a pas mangé. Derrière elle, des monticules de boîtes semblent ricaner, fortes de leur absolue impunité. Elles sourient, rutilantes dans leurs écrins inexpugnables.

Belle envolée. Y a du style là-dedans, pas de doute, il y a du style. Pas le mien, d'ailleurs, car j'ai pompé « la rue est vide et l'avenue déserte » directement sur « l'Océan était vide et la plage déserte ». Une histoire de pélican lassé d'un long voyage si je me souviens bien. Je me demande si on apprend encore Musset à l'école. Plus beaucoup sans doute. Déjà, lorsque j'officiais encore, mon collègue de français donnait dans le moderne pour s'attirer les bonnes grâces de ses chers petits, ce qui, entre parenthèses, ne marchait pas davantage. Il leur faisait des textes de science-fiction, à la fine pointe de la modernité : « X387 appelle Y2048. Allô Stratosphère ? Contactons Pluton, alerte rouge, sommes poursuivis par vaisseau interstellaire Andromède. Larguons les fusées. Pénétrons dans nébuleuse à vitesse oméga. Prévenez Ludmilla ma compagne terrestre... » Evidemment, au départ, ça les intéressait plus que « La Nuit d'octobre » ou le monologue de Lorenzaccio, mais ça ne durait pas, ils recommençaient à faire les cons au bout d'un quart d'heure. Ils s'en contrefoutaient, de Ludmilla et d'Alpha du Centaure, et des aéronefs en détresse. Ça me fait penser que je viens peut-être de dire une bêtise. C'est pas Vigny, « Le Pélican » ? Toujours confondu les deux Alfred. « La Mort du loup », ça c'est sûr, c'est Vigny, mais « Le Pélican » ?

Vieillissement des cellules. Il y a trente ans, je n'aurais pas hésité. Il me faudrait prendre le dictionnaire, mais ce soir, il se trouve à l'autre bout du monde, et c'est trop loin pour m'y rendre. En fait, il y a moi et l'autre bout du monde, et nous nous rencontrons de moins en moins.

Pas peur de la mort.
Enfin pas trop-trop. Disons raisonnablement.
Benjoin craint la mort tout le temps, pas une seconde de répit. C'est une cramponneuse à la vie. Je ne sais pas ce que le sort lui réserve, mais on peut être sûr qu'elle ne lâchera pas la rampe facilement. Elle m'a raconté que dès la puberté, elle a commencé à se barder de médicaments, et qu'elle a dû abandonner son meuble à pharmacie pour une armoire vendéenne, superbe monument en merisier de trois mètres de haut sur deux de large. Elle possède maintenant une annexe dans le buffet pour les remèdes de première urgence. On en trouve également sous la cage d'escalier et les étagères de la bibliothèque. Ça ne s'arrête pas là : au moindre tortillement intestinal, légère migraine, fatigue passagère, elle ne va pas chez le médecin, elle en voit trois à la suite, compare les ordonnances et fonce coudes au corps à la pharmacie. Passons sur le check-up bimensuel, les cures thermales, les tentatives de médecines parallèles : elle a cru aux plantes, à la sophrologie, à l'acupuncture, aux germes de soja, au blé sauvage, elle a fait des régimes à base de pissenlits, de kumquats, trois semaines à se taper des betteraves cuites, à boire l'eau des nouilles, à faire du cyclorameur et elle a soixante-quinze ans ! Ça m'a rendu fou ; un jour je lui ai demandé : « Mais vous êtes aussi heureuse que ça pour vous emmerder autant la vie pour la garder ?... » C'était juste avant son programme étirement. Elle avait lu ça dans les petites annonces, un Chinois qui avait découvert un truc imparable pour aller jusqu'à cent

vingt ans. Il suffisait de se suspendre aux arbres et de pratiquer des lavements à l'eau de citrouille. Elle m'avait répondu que si j'étais si détaché que ça des joies de l'existence, elle se ferait un plaisir de me fournir une pelle pour que j'aille creuser ma tombe le plus rapidement possible.

Avec tout ça, je ne sais plus où j'en suis. C'est Benjoin qui m'a fait perdre le fil.

On s'est pintés, Benjoin et moi.

Il faut dire qu'elle avait sorti son cheval blanc 1992.

Ça a failli se terminer à coups de bouteilles lorsqu'elles furent vides. Pas ivres au point de casser des pleines. Tout ça pour deux chansons. A croire que les plus grandes querelles reposent et se nourrissent sur les bases les plus futiles qui soient. En fait, après une nuit de sommeil et trois kilos d'aspirine, je me suis aperçu que nous étions parfaitement d'accord. C'est ce qui a dû attiser ma hargne : savoir qu'elle avait la même opinion que moi m'a aussitôt persuadé que j'avais tort, car j'ai toujours été certain qu'elle n'avait jamais raison, en quelque sujet que ce soit. De l'avantage du four à micro-ondes à la philosophie de Spinoza, elle ne raconte que des conneries.

J'ai donc été profondément humilié que nous nous rencontrions sur l'importance à accorder au fait que la Première Guerre mondiale était symbolisée par « La Madelon », et la deuxième par « Lili Marlène ». L'une, chanson joyeuse de bons troufions picolant sec sous une tonnelle, servis par une servante accorte et rieuse sur fond de printemps et de victoire ; l'autre, sous la lueur blafarde d'une lanterne, près du quartier des casernes, le fantôme d'une fille blafarde, lèvres d'encre, bas résille, haut-de-forme, tout l'attirail d'une perversion à dix balles revue par un cinéma encore noir et blanc où le visage de Marlène Dietrich disparaît dans la nuit. Chanson de nostalgie et de désespoir... Une complainte pour les vaincus. Un monde sépare la blonde Madelon, pétant de santé, de Marlène la vénéneuse, c'est celui que constituent vingt millions de morts et une Europe en ruine. Il n'y a plus de vainqueurs lorsque les hécatombes sont surdimensionnées. A l'enthousiasme et au soulagement se substituent le chagrin et l'incompréhension. Madelon aborde un monde nouveau, Marlène quitte l'ancien.

J'avais aussi insisté sur le fait que si « La Madelon » est une chanson collective dont le narrateur est un régiment : « quand Madelon vient nous servir à boire », il fallait souligner le « nous » ; alors que « Lili Marlène » est une chanson d'amour blessé qui exclut le groupe...

« Je suis d'accord, avait dit Benjoin, mais c'est pas la peine de hurler comme ça ! »

J'étais persuadé de ne pas hurler et j'ai davantage monté le ton pour l'accuser de mauvaise foi, tout en poursuivant mon argumentation sur le fait que deux conceptions de l'érotisme s'opposaient dans ces deux œuvres majeures, l'une solaire – je crois même avoir dit apollinienne – et l'autre nocturne. Chair offerte et succulente d'une serveuse étalant ses appas, et l'autre : corps caché cerné par la lumière glauque d'une lanterne dont le halo se dissout dans une nuit brumeuse. A partir de là j'ai, ou tout au moins c'est l'impression que j'ai eue, fait grimper le niveau du débat d'un cran en avançant la thèse hardie selon laquelle il y avait en toute femme deux parties qui luttaient entre elles pour prendre le pouvoir : la part Madelon et la part Marlène. Il y a en toute créature féminine une envie de se faire joyeusement palper par tout un escadron, et en même temps celle de créer chez un unique soldat une irréparable blessure sentimentale.

— Moi aussi ? avait demandé Benjoin.
— Vous aussi quoi ?

Elle avait minaudé. Autant que l'on peut minauder avec cinquante kilos de surcharge pondérale.

— J'ai une part Marlène et une part Madelon ?

Je me suis lancé dans une explication où j'ai tenté de lui démontrer que cette loi n'était valable que pour les femmes en dessous de soixante-dix kilos.

C'est à ce moment qu'elle m'a balancé la corbeille à pain. J'ai pensé au ridicule qu'il y aurait à lui renverser la soupière sur la tête. Je pouvais en effet la manquer car il faut se méfier des grosses, elles sont en général très agiles, j'ai donc balayé la table en l'aspergeant au maximum de coulis de framboise, car je n'ai pas encore mentionné que nous étions tout de même parvenus au dessert. Elle s'est alors essuyée à la nappe et a proposé un armistice que j'ai accepté avec magnanimité. J'ai eu tort car elle a profité du fait que j'avais baissé la garde pour m'attaquer avec le couteau à beurre. Voilà les extrémités auxquelles peut entraîner l'analyse sociologique des romances populaires. Avis aux amateurs, la prudence est conseillée. Nous nous sommes réconciliés depuis. C'est la raison pour laquelle nous nous disputons tant : pour pouvoir recommencer, il faut qu'existe un état de paix que nous rompons avec délice.

J'ai vérifié dans la discothèque maternelle : pas de « Madelon », pas davantage de « Lili Marlène », d'ailleurs je pense qu'en fait, je n'ai jamais entendu les paroles françaises de cette dernière. Ma prise de position est assise uniquement sur une impression, et absolument pas sur du solide. Je pense que j'aurais dû tout de même tenter le jet de soupière.

4

« Elle m'avait demandé de la rejoindre dans un café du XIVe arrondissement : Le Boléro, dont le propriétaire s'appelle Ravel. »

Henri CALET

Le passé pousse l'avenir dehors.

Le déclin de toute vie s'explique par une hypertrophie croissante des souvenirs. Le passé est une tumeur qui enfle, toute existence est cancéreuse, minée par cette force qui va et qui repousse sans cesse le futur. L'avenir est toujours vaincu. Combien m'en reste-t-il ? Un an ? Deux mois ? Quatorze paquets ?

Pas en forme ce matin. Je traînasse.

Mon sommeil est très variable, j'ai en gros deux possibilités : ou je dors très peu ou je dors très mal.

Voilà bien longtemps que je vois se lever l'aube.

Je laisse alors sortir mes fantômes, ils dansotent dans la lueur blafarde qui coule des persiennes. Ils viennent la plupart du temps séparément, s'attardent un peu, deux jours, trois jours, rarement plus d'une semaine, pour disparaître avant de rejaillir bien plus tard. Cela me fait un passé discontinu. Ce matin, c'est elle. Curieuse histoire des temps anciens. Cela n'aurait plus lieu aujourd'hui.

J'y retournerai ce soir.

C'est décidé. On ne s'en doute pas à me voir, et bien peu s'en rendent compte, mais je suis un homme de décision et d'énergie. J'ai pu personnellement m'en apercevoir grâce à la rapidité avec laquelle je choisis mes yaourts. Alors que la plupart des ménagères hésitent, balançant entre les mérites comparés du balkanique, de celui avec fruits complets, du parfumé au caramel, du brassé nature, du 0 % de matières grasses, du en pot de verre, du en emballage de douze, de six, de ceux qui donnent droit à un rabais, à un footballeur plastique, etc. J'arrive et, avec un geste impérieux qui n'est pas sans rappeler celui du Caesar Imperator lançant l'entrée des lions dans l'arène, je prends absolument n'importe quoi et je disparais. J'ai vu, parfois, certaines de ces femmes me suivre du regard assez longuement avec, dans l'œil, cette admiration que l'on réserve à ceux dont le tempérament assuré les entraîne à dominer le monde.

Ce soir.

Je prendrai du vin. Je n'en ai plus.

Si ce type est cinglé, je m'en apercevrai bien. Parce que ça aussi, c'est une hypothèse : je suis tombé sur un fou gentil que des années d'attente solitaire au fond de son foutoir n'ont pas arrangé. Qui résisterait ? De l'endroit où il se trouve, il aperçoit le mur d'en face à travers sa porte vitrée, et il a complètement pété les plombs. Possible. Je saurai ce soir. Enfin, j'espère.

J'irai évidemment en soirée et je n'ai, comme d'habitude, rien à faire le reste du temps. Parfait.

Je parlais plus haut de mes fantômes.

Ce matin, c'est elle qui a surgi. Elle se nommait Francesca Daricini-Porta.

Je vois nettement le lecteur tiquer.

Si en effet il a eu le courage de me suivre jusqu'à cette page, il lui est sans doute impossible de penser qu'un vieux mec aussi con ait pu, à un moment de sa vie, connaître une créature avec un nom si lourd de drames écarlates. Un nom pour la Renaissance italienne. Musée des Offices à Florence : portrait en pied de Francesca Daricini-Porta par le Pérugin. Sur un fond bitumeux, une princesse au gorgerin lourd de dentelles empesées toise, depuis des siècles, le touriste qui passe. Ses mains chargées de bagues sont jointes sur un chapelet qu'elle égrenne, sa coiffe donne à l'ensemble une nuance d'austérité que le regard accentue.

Un nom à figurer dans une nouvelle stendhalienne. Pour l'amour de Francesca Daricini-Porta, le jeune duc de Mantoue défie dans un duel à l'épée le fiancé de cette dernière, il meurt, poignardé sur les bords de l'Arno par les sbires du père de la belle Francesca. Celle-ci entre au couvent et fonde la congrégation des sœurs de l'Intense Charité.

En fait, nous nous sommes rencontrés au restau U.

Dès le premier regard, et c'est ce qui m'a instantanément fasciné, j'ai su que, de quelque façon que je m'y prenne, je ne serais jamais attiré vers elle ni d'ailleurs elle vers moi. Elle appartenait pour toujours, et depuis toujours, au monde de l'étude, donc du sérieux, quelque chose situé entre l'agrégation, la thèse, la recherche et le doctorat. Il n'y avait en elle pas la moindre place pour la chatouille, le plaisir et autres fariboles. Ne parlons ni du flirt ni du sexe, on entrait là dans le domaine de l'impensable. Lui dérober un baiser, lui prendre la taille, ne serait venu à l'idée de personne. J'aurais plus facilement proposé à mon futur adjudant-chef Ricou, 131ᵉ régiment d'infanterie coloniale, croix de guerre avec palme, médaille militaire commémorative d'Algérie, trois ans d'Indo, blessé à Diên Biên Phu et connu dans le monde des sous-officiers d'active sous le pseudo de « Mort aux pédés », de tenter une touche de rouge à lèvres pour s'éclaircir le teint.

Le fait qu'elle se prénommât Francesca a dû également jouer dans mon attachement pour elle, j'étais à l'époque plus sensible au nom qu'à la réalité qu'il recouvrait, et nous nous sommes rendu en fait, sans nous l'être avoué, un grand, un immense service : aussi terrorisés l'un que l'autre par le sexe, nous eûmes une relation garçon-fille qui nous dédouanait auprès de nos amis et familles respectives qui durent s'imaginer que, dès que nous étions seuls, nous nous arrachions la culotte. Erreur grossière. Il y eut donc beaucoup de sourires entendus autour de nous, à tel point qu'en juillet 43, alors que je passais mes vacances invité dans sa maison familiale près de Limoges, je me crus obligé, pour renchérir sur notre relation telle que la concevaient ses parents, de lui prendre la main au cours d'une promenade.

Bien sûr, j'avais accompagné mon geste d'un clin d'œil de connivence pour qu'elle ne crût pas que j'étais soudain pris d'une montée irrépressible de désir sauvage. J'eus tort.

Même avec cette précaution, je n'avais pas commencé d'effleurer sa mimine du dos de la mienne qu'elle se trouvait accrochée aux hautes branches du tilleul le plus proche.

J'exagère évidemment mais j'avais tout de même senti la décharge que le contact de nos deux épidermes avait créée. Je ne recommençai plus jamais et nous continuâmes cet été-là à discuter, dans la douceur du crépuscule, de la conception de l'être chez Parménide et de la tentation permanente de l'unicité comme concept explicatif de l'absolu dans l'Antiquité grecque. Nous nous quittions sur le coup de 10 heures et ce n'est pas sans une certaine nostalgie que j'allais me branler dans le lavabo des Daricini-Porta, en me disant que sans doute, malgré la richesse de nos échanges, nous passions à côté de l'essentiel, source commune de notre double effroi.

Nous devions nous quitter l'année suivante, elle entrait à la faculté d'Aix-Marseille et je rencontrai Raymonde. Nos chemins allaient se séparer pour toujours. Je lus toutefois, bien des années plus tard, son nom sur la couverture d'un livre de la collection « Le Sexe et ses avatars », elle y traitait du *Priapisme comme négation du désir*.

Le titre seul créa en moi une telle fatigue que je ne l'ai, à ma grande honte, jamais lu.

Midi déjà et je me suis laissé aller à rêvasser sur Francesca. Son visage subsiste, je m'aperçois aujourd'hui qu'elle était après tout jolie et que j'aurais dû lui sauter dessus. Etais-je donc si timide ? Si difficile, si inhibé ? Sans doute et au-delà, mais il me reste des haricots à réchauffer, ma sieste à faire, bref, comme on le voit, ce ne sont pas les occupations qui manquent.

Une petite cigarette tiens !

Quatorze paquets, ça fait 280. Plus que 279.

Allez, tant qu'à faire, déconnons complètement : supposons que je sache qu'il me reste 279 cigarettes à fumer avant de mourir. Très bien. J'en fume 278 et je m'arrête définitivement.

Qu'est-ce qui arrive ?

L'éternité ?

Ça, ce serait la meilleure. Même les campagnes antitabac n'oseraient pas. Stoppez les sèches, l'éternité est au bout.

De quoi réfléchir.

En fait, ce type n'a jamais parlé de mort, c'est moi qui l'ai introduite dans le tableau.

Plus que quatorze paquets à acheter chez lui, et basta !

Mais comment le sait-il ?

Vous pourriez me dire qu'il y a un moyen simple, c'est de le lui demander. Alors là, c'est mal me connaître. Je n'ai jamais été adepte des moyens simples qui sont toujours compliqués pour moi. Je préfère de loin louvoyer, partir en zigzag, éviter l'obstacle, frôler les écueils, laisser croire que... etc. Alors là, je suis assez costaud en la matière.

Et puis, je verrai bien.

16 heures déjà. Le vent s'est levé, il souffle de l'est.

Je le sais parce que la salle à manger sent la fumée. J'ignore comment cela s'explique mais c'est ainsi, la protection de la cheminée doit être tournée vers l'ouest, ce qui me vaut parfois en plein été l'impression de faire du feu.

Ce n'est pas désagréable.

Le problème dans cette maison, c'est le silence. Je passe des cassettes de temps en temps ou je mets la radio, mais cela n'a aucun effet : il est là, derrière.

Pas une note, pas une mélodie qui ne s'appuie sur lui. Il est la condition des sons qui s'élèvent mais ne le détruisent pas. On ne peut y échapper. Le tout est de s'en faire un copain : c'est ce que j'ai fait. Nous nous entendons bien depuis quelques années. Façon de parler bien sûr, comme pourrions-nous nous entendre alors que nous ne produisons aucun bruit ?

Je me suis mis à aimer tellement cette soupe insonore dans laquelle je mijote que je me suis surpris à me parler tout bas. Seul, je chuchote pour préserver cet univers sans voix, sans cris, sans murmures. Je me dis que la mort doit conserver cet état de choses. Qui pourrait croire qu'elle s'accompagne d'un vacarme permanent ? Elle doit même être le comble du silence, peut-être n'est-elle elle-même que ça, un silence qui, à force de s'épaissir, devient matière, englue les sons, tourne en cercueil, et voilà, ça y est, c'est le genre de connerie qui me traverse l'esprit en fin d'après-midi, lorsque j'ai oublié de faire ma sieste.

J'ai également oublié de repeindre la fenêtre. Ça fait trois ans.

Je parle de la partie extérieure. Les pluies ont bouffé le bois et le mastic des vitres qui ne tenaient plus sur le châssis que par des petites pointes rouillées. L'air passe, l'hiver. Je fais barrage avec du papier journal et je me promets de repeindre et de remastiquer à la belle saison. Elle arrive et les jours passent. Que feraient-ils d'autre, ces bougres, d'ailleurs... et je ne repeins pas.

Je crains qu'en lisant ces lignes on ne sente monter une sorte de tristesse confinée... Que l'on s'imagine une vaste pièce sombre dans un quartier inanimé, avec un vieillard assis dans un fauteuil dont le cuir s'est usé. La nuit tombe et il ressasse, sur la mort, sur le silence : de quoi se flinguer ! Eh bien, rassurez-vous, c'est exactement ça.

Je plaisante. Décidément, je ne fais que ça. Quel joyeux drille.

Je veux dire qu'objectivement, c'est ça. Le tableau est complet et exact, mais très curieusement, je n'en retire aucune tristesse, aucun enfoncement en pays de désolation. Ma situation, par le fait même qu'elle prête à une interprétation dramatique du style « Portrait d'un vieillard méditant » (la toile est également connue sous les titres « Dernières heures » et « Ultimes pensées »), exerce sur moi un effet de contraste que je trouve drolatique dans le meilleur des cas, agréable le reste du temps. J'éprouve ainsi en permanence une sorte de surprise : est-ce bien moi, si vieux ? Avec cet égocentrisme propre au quatrième âge, je pense qu'en fin de compte, je n'étais pas fait pour aborder ces rivages. La jeunesse m'allait mieux ; mais on se fait aux décrépitudes, elles ont leurs charmes.

Attention, voici le soleil.

Il est 18 h 35. Un peu de retard mais ça y est, nous voici à l'entrée d'une soirée d'or et de vent tombé.

Direction rue du Repentir.

Fini de rire.

Le trottoir de la rue du Repentir gardait les traces d'une pluie récente. Je ne m'étais pas aperçu qu'il y avait eu une averse.

La frange humide des caniveaux reflétait le liséré des toits de la ville. L'air avait cette couleur de fraise écrasée qui est celle des grandes capitales polluées. Rien de tel ici : personne n'a jamais eu l'idée saugrenue d'installer une usine à moins de cinquante kilomètres. Je ne sais donc pas d'où vient cette lueur. Elle était si forte cependant qu'elle avait transformé les vitrines de l'épicerie en une surface rose bonbon qui m'éclaira lorsque je me dirigeai vers la porte.

J'entrai.

Je n'avais pas remarqué la veille le ding dong que l'ouverture déclenchait. Je me suis du reste demandé si cet avertissement sonore était bien utile puisque, derrière sa caisse, le maître des lieux faisait face à la porte, et ne pouvait pas ne pas s'apercevoir de la présence d'un tiers dans la boutique. Mais peut-être n'était-il pas toujours là ?

Nous nous saluâmes avec de part et d'autre une absence totale d'affectation. Il replia instantanément le journal qu'il était en train de lire et me sourit.

— Je suis ravi de vous revoir.

Par manque d'habitude, j'éprouve toujours du mal à engager une conversation. Et puis quelque chose bloquait. Pourquoi n'arrivais-je pas à foncer directement au cœur du sujet ? Pourquoi est-ce que je ne parvenais pas à lui demander tout simplement ce qu'il avait voulu dire la veille avec son chiffre de quatorze paquets ? Je ne suis pas, je ne suis plus timide. Simplement, ça ne sortait pas.

— Il a dû pleuvoir dans l'après-midi, dis-je.

— Entre 3 et 4.

— Je ne m'en étais pas rendu compte.

— La sieste sans doute.

Palpitante conversation. J'ai eu l'impression qu'il éprouvait le même sentiment que moi : par pure lâcheté, nous nous étions réfugiés dans un échange de banalités, et il était nécessaire d'en émerger, sous peine de barboter dans une mer de mièvreries qui nous laisserait l'un et l'autre insatisfaits.

— Je vais vous prendre du vin, dis-je, un côte-du-rhône. Je vous laisse choisir.

— Une belle preuve de confiance.

— Je n'y connais rien.

— Je vais vous apprendre ; le vin est une question de verre et de bavardage. Rien de plus simple.

— Expliquez-moi ça.

— Vous prenez n'importe quel picrate, vous le versez avec d'infinies précautions dans un verre à pied en cristal d'une absolue transparence, vous l'inclinez délicatement dans la lumière et vous commencez à terrasser l'interlocuteur sous une avalanche ininterrompue de phrases d'où doivent nécessairement émerger les termes : rubis, robe, camomille, miel, sous-bois, longueur de bouche et arôme. Si vous arrivez à tenir le crachoir un petit quart d'heure, c'est gagné.

Ce type commençait à me plaire vraiment.

— Il y a quand même des différences ?

— Aucune. C'est le même pinard dans toutes les bouteilles.

— Les bordeaux, les bourgognes ?

— Le même. Entre le château-pétrus et l'ancien vin du Postillon à 12 degrés, il n'y a qu'un élément qui les différencie : la logorrhée du vendeur.

Je me mis à émettre un son nasillard qui était devenu, faute d'exercice, ma façon de rire, cela me fit d'ailleurs tousser.

— Le prix également, dis-je.

Il me tendit une bouteille qu'il enveloppa d'une feuille de papier de soie.

— Regardez, dit-il, si je l'enveloppe ainsi, si je le tiens dans mes bras comme un nourrisson, si je vous demande comme une faveur de ne pas trop le remuer, de l'oxygéner deux heures avant de le boire

Les pantoufles du samouraï

et de le servir de préférence en carafe, vous boirez un vin différent.

Je me suis retrouvé avec la bouteille dans les bras. Je l'ai payée et cela me paraît aujourd'hui à peine croyable, mais j'avais totalement oublié la raison pour laquelle j'étais venu.

A quoi était-ce dû ? Au bien-être qui se dégageait de cet endroit ? A cette voix légèrement hypnotique avec laquelle il proférait ces remarques auxquelles il ne croyait pas lui-même ? A la douceur rosâtre du restant de jour ? Je ne sais pas. Ce n'est qu'en mettant la main sur la poignée de la porte que la réalité m'est revenue.

C'était le moment ou jamais. Demi-tour.

— Au fait, dis-je, hier vous m'avez dit qu'il me restait quatorze paquets, qu'est-ce que ça signifiait exactement ?

Fier de moi. Ça s'appelait mettre les pieds dans le plat.

Il avait plongé de nouveau dans son cahier de cours préparatoire. Je pouvais voir son doigt courir sur des listes. Manifestement il était trop occupé pour avoir pris conscience de ma question. J'allais la répéter lorsqu'il a levé la tête et dit :

— Vingt-sept.

Je n'avais pas lâché la poignée de la porte.

— Vingt-sept quoi ?

De la main gauche, il désigna ce que j'emportais dans le creux de mon coude.

— Vingt-sept bouteilles, dit-il.

Evident, non ?

— Attendez, dis-je. Qu'est-ce que ça signifie, « quatorze paquets et vingt-sept bouteilles » ? Ça veut dire quoi exactement ?

Il a eu un soupir.

— Les nombres, dit-il, les gens ne font jamais attention aux nombres. Ils s'imaginent que, pour chaque chose, ils ont droit à une quantité infinie, c'est évidemment faux. Chacun dispose d'un nombre limité de ce qu'il utilise.

— Et lorsque ce nombre est atteint ?

Cette remarque eut le don de le verser dans une belle et bonne humeur.

— Vous connaissez la réponse, dit-il, pas la peine d'insister, il y a une échéance...

Je commençais à avoir un peu chaud. Depuis quelques années, j'ai tendance à me vêtir trop par trouille de la pneumonie et autres engorgements pulmonaires. C'est venu d'un coup : je piquai une suée.

— Une toute petite question sans importance, voire tout à fait négligeable, dis-je, j'admets que nous ayons tous un nombre précis de blanquettes de veau à manger, de pulls à porter, et un nombre déterminé d'écoutes du *Boléro* de Ravel, ce qui m'épate, c'est que vous, vous le sachiez.

Et toc ! Il était bien gentil, mais il ne fallait tout de même pas exagérer. Il a pris un air triomphant.

— Je comprends que ça vous surprenne, mais il n'y a rien de mystérieux : c'est écrit là.

Il a brandi le cahier.

Et voilà, le mystère était levé. Bizarrement, je me suis senti déçu, je ne pensais pas que cela finirait ainsi, mais il n'y avait plus aucun doute : il était fou.

Fou à lier.

Il aurait pu être un plaisantin : son histoire de pinard aurait pu m'orienter dans ce sens, mais en ce moment, il ne jouait pas. Je n'allais pas le lâcher aussi facilement.

— Et vous voulez me faire croire que mon nom figure sur ce cahier avec le nombre de...

Il me le tendit avec brusquerie, mais sans cesser de sourire.

Je fis deux pas et le pris.

Le haut de la page était corné et il y avait quelques taches de gras qui avaient dilué l'encre des chiffres.

Je ne pus lire que deux choses. En ce qui concernait les cassoulets en boîte, le chiffre 7 était inscrit en regard.

Ce n'était pas le plus important.

En haut de la feuille, dans la marge et souligné d'un trait rouge tiré à la règle, tracé d'une écriture calligraphiée riche de déliés et de pleins, je pouvais lire mon nom.

La chaleur soudaine aidant, j'eus une faiblesse dans les genoux. Pas uniquement dans les genoux d'ailleurs car je me retrouvai assis sur un sac de lentilles posé près de la porte.

— Je vais vous raccompagner... vous êtes vraiment très pâle.

— Ne vous dérangez pas, dis-je, ça va déjà mieux.

Ça n'allait pas mieux du tout mais je parvins à me mettre debout. Mes neurones s'agitaient follement. Les chiffres ne prouvaient rien, il pouvait les aligner comme bon lui semblait, mais comment avait-il pu connaître mon nom ?

Il m'avait suivi hier soir.

Je ne m'en étais pas aperçu et il m'avait suivi.

Il y avait mon nom au-dessus de la sonnette. Rien de plus facile.

Pourquoi jouait-il à ça ? Totalement cinglé.

Comment savait-il que, de toutes les conserves existant en ce bas monde, les boîtes que j'utilisais le plus souvent étaient celles de cassoulet ? Je n'aime pas tout ce qui vient du Sud-Ouest : le béret, la rocaille des voix, les taureaux, la chistera, les demis de mêlée et autres couillonnades, mais le cassoulet, c'est autre chose...

Ne jamais négliger la part de hasard qu'il y a dans toute explication. Il avait tapé dans le mille et voilà tout. Et puis s'il avait écrit « saucisses aux lentilles : 32 », je me serais dit que, bien que n'ayant jamais acheté de saucisses aux lentilles, l'envie aurait pu m'en prendre, et même elle me démangeait depuis longtemps.

Je suis sorti avec ma bouteille, ma vingt-septième bouteille avant le grand saut.

Conneries !

En reprenant le chemin de ma maison, il y avait une certitude en moi, une seule mais solidement ancrée : je n'en avais pas fini avec mon épicier.

Parce que vous croyez que j'ignore que j'ai eu une petite vie ?

Vous vous attendiez à quoi ? A des abordages de pleine mer ? A des îles perdues avec sauvages mangeurs d'hommes ? Mines d'or et enlèvements ? A des ribambelles de femmes déployées, Lido et Folies-Bergère ? A des cocktails savants ? A des hold-up, à des espions, à des Nobel ? A des guerres lointaines ? Je n'ai jamais bougé d'un centimètre, j'ai la même chambre depuis toujours, les mêmes meubles, les commodes surchargées, les tableaux goudronneux : « Cerfs bramant dans le sous-bois », « Entrée du 13ᵉ bataillon de zouaves dans la médina de Constantine », « Rendez-vous à la fontaine ». Magnifique celui-là : une jeune paysanne tend sa cruche à un costaud au pantalon roulé. Œuvre majeure et paysanne, je lui dois bien des rêvasseries. Que se passera-t-il quand le récipient sera plein ? Ils sourient l'un et l'autre, une promesse est dans l'air. Le peintre a signé tout en bas en discrétion : Antoine Césarin. J'ai cherché dans des dictionnaires, je ne l'ai jamais trouvé. Un anonyme, bien habile cependant, il savait faire rêver les petits garçons, celui-là.

Bon, où j'en étais ? Ça y est, j'y suis, j'ai commencé à écrire en colère et je sais d'où ça vient : c'est la faute de la libraire. Elle a tenté de me refiler une de ses saloperies de tête de gondole, du genre polaro-historico-aventuro-égypto-sadomaso.
Comme elle m'a dit : « Vous ne vous ennuierez pas avec celui-là », tu parles que je m'ennuierai pas, j'ai parcouru le texte du dos : c'est le retour de Ramsès II à New York. Réincarnations de pharaons en série grâce aux ordinateurs. Taper Toutankhamon point com et le voilà qui débarque à Kennedy Airport en direct de sa pyramide... Je lui ai demandé si elle me prenait pour un con, elle a parlé de respect de l'imagination, et c'est à ce moment-là que j'ai pensé qu'il m'en faudrait beaucoup, d'imagination, pour attirer le chaland. Ailleurs, à Paris, à Londres, à Kaboul, à Bagdad, les gens se roulaient dans l'Histoire. Chacun son bain de boue. Moi je me suis tenu à l'écart, je n'aimais pas les événements, ils surgissaient toujours, alors je me suis écarté des nouveautés. J'ai mis au fil des années mes pas dans mes pas, mes gestes dans mes gestes, même mes ambitions sont devenues des habitudes. Mon bouquin sur les nombres premiers, par exemple, j'ai dû y penser il y a un demi-siècle.

Je l'avais en tendresse : j'aimais les nombres premiers, ils étaient rares, seuls, inexplicables. Une anomalie au fond, ils ne ressemblaient pas aux autres, je me sentais des affinités. A tort ou à raison. Plus on s'éloigne de zéro et plus ils sont rares. On en découvre encore, au loin, à l'horizon de l'infini. Des rebelles, des incongrus. Serais-je un homme premier ? Ce serait prétentieux de ma part mais je me sens bien avec eux. Personne n'a percé leur mystère. Pourvu que ça dure.

Allons, je peux l'écrire en toute bonne foi, rien ne m'est arrivé et les périodes les plus heureuses furent celles où il m'en arrivait moins encore.

Oui, vraiment, une très petite vie mais je n'ai jamais eu envie d'une grande, ni d'une large, ni d'une vivace, ni d'une rapide. Ça inquiétait parfois Maman, cette solitude. Elle sentait bien que je m'y plaisais, mais tout de même, elle aurait voulu que je participe un peu à la danse universelle, que je coure sur des plages après des filles aux cheveux lâchés, que je prenne des trains pour voir le monde, Châtellerault, tout ça, que je me dandine dans les boîtes de nuit, que je rentre en communication avec des êtres de mon âge. Elle y tenait beaucoup à ça : que je fréquente un peu mes semblables... J'ai essayé pour lui faire plaisir, mais ça me faisait monstrueusement chier. A un moment, j'étais presque aggloméré à une bande, j'ai failli faire du camping avec eux, c'est dire si je suis allé loin. Il y avait une boulotte au milieu, Yvette, on se passait des langues terribles, on flirtait devant chez elle, dans le renfoncement de la rue. Je rentrais à toute allure et je me faisais une gentillesse devant mon vieux mur. Symphonie en nocturne. On ne peut pas dire que j'étais un acharné de la kique, c'est venu plus tard : je raconterai si le temps m'en est donné. Ça ne passionnera pas beaucoup en ces jours de grand débridement des instincts, mais enfin en général ça amuse le lecteur, alors pourquoi pas ?

Une enfance à deux, une adolescence à deux... ça a duré bien plus tard. Ça dure encore dans ma mémoire, elle est si peu morte que parfois, je l'entends chantonner dans la chambre du haut.

Donc une petite vie, ni étroite ni étriquée : petite simplement, sans accrocs, sans secousses, juste ce qu'il me fallait pour exister à ma mesure. J'ai laissé les autres découvrir le Pérou, Samarkand et Vladivostok. Je vais, certains soirs, jusqu'au Pont Nouveau voir couler la Loire : la mer est tout au bout et d'autres mondes aussi... Je rentrerai tranquille par les rues endormies, c'est le moment des tisanes, presque déjà celui du sommeil. J'ai su me satisfaire de ce qui m'était offert, je n'ai pas chambardé les limites du jeu. Il me convenait trop pour cela.

Quelque part, je ne sais plus où, peut-être nulle part, d'ailleurs, j'ai parlé d'Yvette. Yvette la partagée. Je l'appelais ainsi car cette fille avait une étonnante particularité. Je n'ai plus jamais rencontré un être humain, mâle ou femelle, aussi déchiré entre deux aspirations extrêmes : d'une part le sentimentalisme le plus estampillé « Metro Goldwyn Mayer 1950 », et de l'autre des pulsions libidineuses titanesques s'opposant aux retenues rose bonbon du Technicolor. Le problème était que je ne savais jamais à laquelle des deux Yvette j'avais à faire, ce qui faisait de chacun de nos rendez-vous des surprises traumatisantes. Allait-elle, lointaine et l'œil mouillé, exiger de ma part une cour respectueuse, voire guindée, qu'elle encouragerait de quelques œillades empruntées au manuel du parfait savoir-vivre pour jeunes filles de grande famille se destinant à la vocation religieuse, ou allait-elle, ahanante, me choper d'entrée le zigomar sur lequel elle exercerait des tractions variées en me fourrant dans l'oreille une langue reptilienne ? Impossible de savoir. Ce qui n'arrangeait pas les choses, c'est qu'elle ne possédait pas le physique de ses idoles, Katharine Hepburn pour l'univers pincé, Viviane Romance pour l'aspect « prends-moi toute et j'en veux encore ». Yvette ne se situait pas entre les deux, il est utile de le préciser, elle se trouvait ailleurs. Suffisamment d'années ont passé pour qu'à l'ultime versant de la vie, et après bien des atermoiements, je puisse l'avouer aujourd'hui sans ambiguïté et avec une absolue certitude : Yvette était moche. Je m'en étais évidemment aperçu dès le premier regard, mais je me rends compte que pendant les deux années où nous nous fréquentâmes, j'usai de subterfuges pour me masquer l'évidente vérité. Cruel problème de l'adolescence : je ne pouvais accepter de me dire que la fille avec laquelle je me rendais dans les bois cernant la ville pour des étreintes diverses, furtives ou éhontées, ressemblait davantage à une serpillière qu'à Ava Gardner. Le soin que je pris à cacher cette liaison est dû à la honte imbécile que j'aurais ressentie si elle avait été connue... J'aurais été, aux yeux de tous, celui qui se tapait un cageot. Bref, je n'assumais pas mais je prenais du bon temps. Enfin, une fois sur deux.

Puisqu'on a commencé, achevons le tableau. Yvette n'était pas très intelligente. Délicat euphémisme. Elle pensait que le cinéma ne faisait qu'un avec la réalité. Elle avait vu un film où, à Venise, Katharine Hepburn rencontrait Rossano Brazzi. Amours sur la lagune. Du fait qu'on ne les voyait jamais coucher ensemble, elle en avait déduit qu'ils ne couchaient pas.

Bref, elle n'a jamais compris qu'au cinéma, dans ces lointaines époques, les gens couchaient entre les séquences.

Sacrée Yvette ! J'ai l'air de me moquer comme ça mais une tendresse me vient en l'évoquant. Grâce à elle, je passais de la princesse de Clèves à Marie-Cagole, et vice versa : deux pour l'amour d'une. Pas belle bien sûr, elle n'a jamais dû faire rêver personne, Yvette, mais elle avait un sourire parfois... Suivant l'angle, l'éclairage, la posture, elle avait quelque chose qui sortait d'elle, qui se dégageait. Un charme éclair, une séduction de hasard, la beauté dans un jeu d'ombre, de faux relief. Ça ne durait jamais évidemment, mais enfin il y avait ce don, ces secondes... On allait loin dans le flirt, je me souviens des arbres du bois Bellot, du soleil cache-cache dans ses yeux sans éclat, cette trémulation... Elle m'a appris des choses, elle chantait André Claveau en longeant les berges du retour. On connaissait tous les coins sombres de la vieille ville, les portes cochères... Elle avait loupé son brevet et elle est entrée en usine, dans les champignonnières : spécialiste du conditionnement. Et puis, elle s'est mariée avec un employé SNCF : ils ont quitté la région. Je me demande qui elle était pour lui : gourgandine ou collet monté ?

Allons, c'est un bon souvenir, et puis je n'ai pas eu tellement de femmes dans ma vie pour, sur mes vieux jours, faire le difficile. Si nous allions au cinéma aujourd'hui tous les deux, nous en aurions fini avec les controverses. Les amoureux n'y couchent plus entre les séquences, ils attendent d'être en plein dedans : autre style. Peut-être le 7e art pense-t-il que nous sommes devenus un peu plus cons, qu'il faut bien nous montrer tout pour qu'on comprenne, qu'on ne se demande plus si, dans les îles vénitiennes, les Américaines sur le retour se font tringler par de beaux Italiens aux dents de porcelaine... On en a fini avec les sous-entendus. Dommage !

5

« L'enfance est une nostalgie de grandes personnes. »

Vladimir JANKÉLÉVITCH

J'ai décidé le lendemain même d'aller voir Jaron.
Je ne le consulte que dans mes moments d'excellente santé. Cela pourrait sembler saugrenu à première vue, mais cesse de l'être si l'on sait qu'il est un médecin exécrable. En 83, l'année de mon emphysème, il s'était autopersuadé que je couvais une otite. Un exemple entre mille. Donc, comme je ne peux avoir aucune confiance en lui si je suis atteint par quelque maladie grave, il vaut mieux que je m'y rende lorsque tout va bien, assuré que je suis alors de ne rien risquer côté erreur de diagnostic.

On pourrait me rétorquer : pourquoi pas un autre que Jaron ? Réponse sans ambages : il n'y a que lui. C'est assez incompréhensible d'ailleurs, l'amplitude de la ville et sa population sont telles qu'un deuxième toubib ne serait pas de trop, voire un troisième, mais il n'y a pas de candidats. Il y en a eu, ils n'ont pas résisté. Est-ce le fait que, le centre et les principales artères étant accotées à la colline, l'ombre y est quasi permanente, et la rivière a toujours eu cette couleur ténébreuse qui laisse supposer que vivent dans ses fonds des créatures fangeuses avec carapaces ardoisées, inconnues des biologistes.

Pas de lieux de divertissement, quatre cinémas tout de même, trois regroupés et un près du pont aux Bœufs : c'est le Louxor. J'y ai vu dans ma jeunesse des films noir et blanc dans lesquels il semblait tomber en permanence une pluie fine, même dans les scènes d'intérieur. On n'y rigolait jamais, le directeur de la salle, M. Salvat, avait décidé une fois pour toutes que le 7e art n'était pas fait pour dilater les rates, et si l'on voulait absolument voir *Adémaï, bandit d'honneur* on n'avait qu'à se rendre au Trianon qui n'était pas très regardant sur les programmes.

Malgré cela, le Louxor n'a jamais vraiment fermé, mais pourquoi est-ce que je raconte tout ça ? Oui, c'est pour expliquer que la ville est peu folichonne, la moyenne d'âge élevée, la prostitution inexistante, et que la jeunesse locale ne peut s'ébrouer que lors de la fête du village qui se compose d'un stand d'autotamponneuses, d'un tir forain, d'une loterie et de vendeurs de barbe à papa que j'ai gardés pour la bonne bouche. Si l'on ajoute qu'il pleut en général ce jour-là, on conviendra que la cité n'est pas trépidante et n'attire guère le chaland, donc pas particulièrement les médecins. On y arrive. Les anciens racontent qu'il y a eu, sur la route de Montpré, un bordel autrefois fréquenté essentiellement par les appelés du train des équipages des casernes Jouffroy, aujourd'hui disparues. Ils précisent même avec quelques trémolos dans la voix que l'endroit était célèbre pour la vitalité de ses Sénégalaises, premières femmes de couleur à avoir franchi les limites du département. Certaines moururent sans avoir quitté la région et, comme elles avaient acheté à plusieurs une concession au cimetière municipal, cela explique la dénomination, par la population, d'un groupe de quatre tombes identiques situées près de la porte Mongenot, sous le terme : secteur Bamboula. Il m'arrive, au cours de ma visite annuelle à mon ancien prof, de dérober quelques fleurs au hasard d'une stèle et de les déposer sur ces pierres dont les habitantes ne revirent plus leurs cocotiers d'enfance. Cela me semble une maigre rétribution pour avoir passé sa vie de labeur à éponger le pioupiou encore vêtu de bleu horizon en ce pays froid et revêche.

Donc, me voici chez Jaron.

Je pense être sa mauvaise conscience et une présence vivante lui démontrant son inaptitude à exercer toute médecine. Il a dû tant de fois me raccompagner à la porte de son cabinet en se disant que ce serait bien étonnant que je la repasse en sens inverse, qu'il me considère d'un air navré et je le comprends : il me regarde et, du même coup, contemple sa propre nullité.

Mon existence l'étonne et il a tendance à m'observer comme une sorte de tricheur, un type qui en fait plus qu'il ne devrait, et qui continue son aventure terrestre de façon indue, voire illicite. Un autre que lui pourrait s'en féliciter et me considérer comme un miraculé, lui me voit plutôt comme un pervers débrouillard possédant toutes sortes de combines peu recommandables lui permettant de continuer au-delà des limites permises le chemin de la vie clopinante.

Malgré tout, je l'aime bien et il nous est arrivé à plusieurs reprises d'ébaucher un vaste projet : entamer une partie de dames chez Bichard, le café des Deux Mondes. Bien évidemment, nous ne sommes jamais passés à la réalisation, mais tout de même nous sommes allés jusque-là, ce qui suppose une belle communauté d'idées. Bichard fut, est toujours, une vaste salle au plafond en verrière, et au comptoir-zinc acajou devant lequel toutes les notabilités de la ville ont éclusé des blancs secs ou des camomilles-verveines suivant les goûts. Des habitués y tapent d'interminables belotes près du poêle de l'hiver ou aux terrasses de l'été. Le service y est lent, les deux garçons, identiquement désagréables, y promènent à pas comptés des plateaux d'un autre âge en donnant l'impression d'être chaussés de vieilles pantoufles. Ils portent des gilets unis à poches multiples dans lesquels ils puisent leur monnaie qu'ils laissent tomber sur les tables avec des airs de grande souffrance. Il règne en cet endroit, quelle que soit l'heure, une odeur composite d'eau de Javel et de Pastis 51.

Mais je m'égare.

Le prétexte que j'ai inventé cette fois pour rendre visite au docteur (?) Jaron est une douleur en haut du poumon gauche. Le dialogue qui s'ensuit mérite d'être étudié en faculté de médecine, sous la rubrique : « Comment accueillir et réconforter un patient à la dérive ». Voici un extrait reproduit, je pense, très fidèlement. La scène se passe tandis qu'il m'ausculte.

LUI : Vous êtes sûr que c'est bien à gauche ?

MOI : Vous préféreriez à droite ?

Les pantoufles du samouraï

LUI : Pourquoi, lorsque je pose une question, répondez-vous toujours par une autre ?

MOI : Parce que je dois juger qu'elle ne mérite pas de réponse. Je vous ai dit à gauche.

LUI : Ça m'étonne.

MOI : Que ce soit à gauche ?

LUI : Que ce ne soit qu'à gauche.

MOI : Soyez plus clair.

LUI : Si vous étiez un type normal, à votre âge vous auriez mal partout.

MOI : J'essaie de toutes mes forces.

LUI : C'est pas ordinaire.

MOI : Je voudrais vous faire plaisir mais ce n'est qu'à gauche et encore pas tout le temps, et en plus pas beaucoup.

LUI (après un soupir) : Laissez tomber. Vous n'avez rien.

MOI : Qu'est-ce que je fais ?

LUI : Arrêtez le karaté et prenez du sirop pour la toux, ça ne sert à rien mais si vous fonctionnez au mental, ça risque de ne pas vous faire du mal.

C'est à peu près à ce niveau de la conversation que je me suis résolu à lui faire la confidence pour laquelle j'étais venu.

MOI : Si je vous disais que vous n'avez plus que trente-cinq patients à voir, que me diriez-vous ?

LUI : Que vous commettez une erreur.

MOI : Pourquoi ?

LUI : Parce qu'il ne m'en reste que dix-sept.

Là, il m'a scié.

Je devais exprimer une telle incompréhension qu'il a tenu à me mettre au courant.

J'arrête en fin de semaine, je prends ma retraite et mes derniers rendez-vous sont notés : dix-sept, et pêche à la ligne non-stop !

Adieu Jaron. Ça m'a fait de la peine. Il quittait la région et partait dans les Deux-Sèvres dont il était originaire. Sa jubilation perçait. Il en avait fini avec les couillonnades médicales qu'il avait additionnées au cours d'une vie active bien pourvue dans ce domaine.

— Au fait, dis-je, je ne fais pas de karaté, je ne sais même pas ce que ce mot veut dire.

Il a ricané.

— Ça vous sera encore plus facile d'arrêter si vous n'avez pas commencé.

Il s'est lancé sur les mérites comparés du vers de vase et du lombric annelé pour le gardon, ablettes et autres habitants argentés des eaux semi-profondes qui allaient dorénavant clapoter le long des chemins de sa vie et remplacer les files de grabataires qui passaient depuis quarante ans sous sa suspension du siècle dernier.

Avant de le quitter, je lui ai demandé s'il pensait que je finirais le mois. J'étais tout de même venu pour ça. Il m'a répondu qu'il était loin d'en être convaincu et a laissé échapper un hennissement ricanant, signe habituel chez lui de grande plaisanterie.

J'en fus quand même réconforté et rentrai ce soir-là sans me rendre chez mon fou furieux de la rue du Repentir. Il était du reste près de 8 heures et la boutique devait être fermée. Fidèle à son habitude, Jaron m'avait pris avec plus de trois quarts d'heure de retard.

Cette visite – nous sommes décidément peu de chose – m'avait rasséréné. Aucune raison à cela, mais il en était ainsi car l'autre cinglé, avec ses chiffres comminatoires, avait fini, il faut l'avouer, par m'ébranler. Il était parvenu à me foutre la trouille.

Vingt-sept bouteilles, ce n'était tout de même pas beaucoup.

Pourtant je n'ai jamais cru ni à Dieu ni à diable. Le fantastique, l'irrationnel, la prédiction, la communication avec les morts, l'avenir dévoilé, sainte Madeleine, Mme Irma, les morts-vivants, les extra-terrestres, les jeteurs de sort et autres apparitions fantomales ont toujours été pour moi à verser dans la poubelle des lamentables idioties dans lesquelles marine une humanité au front bas, à qui on peut faire croire n'importe quoi, c'est-à-dire l'incroyable. Je me suis demandé dans quel état d'affolement j'aurais pu être si mon comptable des jours restants s'était adressé, non pas à un homme à l'esprit rationnel comme moi, mais à ce genre de loustic qui consulte son horoscope avant de sortir, brûle des cierges chaque fois qu'il pète de travers et entretient une conversation suivie avec son épouse décédée vingt ans auparavant, par l'intermédiaire d'une table tournante.

La soirée commence, j'ai ouvert une boîte de sardines « la Belle Paimpolaise ». C'est le moment des informations, je vois le speaker dans la télé de la maison d'en face à travers tulle et carreaux. J'ai débouché ma vingt-septième bouteille et en avant pour la grande nouba. J'ai même prévu le dessert : biscuits d'apéritif. Je n'aime pas le sucre, alors je termine toujours aux Crousticracs parfum jambon fumé, que je préfère de beaucoup aux Crousticracs moutarde, et surtout aux Crousticracs cacahuète, qui sentent nettement la merde, on se demande ce qu'ils foutent dedans pour récolter une odeur pareille, je me suis fait avoir une fois mais c'est fini. Crousticracs jambon fumé, et en avant la musique.

Les pantoufles du samouraï

Je dîne la fenêtre ouverte sur les géraniums. Je n'aime pas les géraniums mais ils ont toujours été là. Increvables.

Je ne leur ai pas filé trois gouttes d'eau en dix ans. L'été, j'écrase mes mégots dans leur terre, je ne leur pisse pas dessus parce qu'il y a du monde en face, mais j'aimerais bien. Je n'aime pas leur rouge. C'est une fleur pour les cons : ça ne sent rien, c'est laid, ça se voit à des kilomètres, ça attire les mouches, les vers, les puces. Le géranium est exaspérant.

Que l'on me pardonne toutefois une nouvelle incidente... au point où nous en sommes, cessons de nous gêner, j'ai l'envie irrépressible de parler du tri des ordures ménagères car les poubelles viennent de passer dans la rue. Elles passent de plus en plus tard d'ailleurs, mais là n'est pas la question. Je reviens au tri. J'abats mes cartes d'entrée et je brûle mes vaisseaux : je suis totalement contre.

Je suppose qu'à ce stade de lecture, un lecteur un peu perspicace hochera la tête et murmurera : « Ça m'aurait étonné qu'il soit pour ! »

Il est possible que j'aie donné jusqu'à présent de moi une impression de révolté patibulaire, s'insurgeant contre toute tentative d'amélioration moderniste de la condition humaine, mais qu'il me soit permis de m'expliquer.

Je suis contre le tri parce que j'ai connu Fouillot.

Ça date en gros de la classe de quatrième. Ça ne s'appelait pas ainsi à l'époque, ce devait être le cours complémentaire, troisième année. L'établissement a disparu, j'en ai conservé le souvenir olfactif de ses urinoirs. Revenons à Fouillot.

C'était un cancre. On peut avoir une tendresse pour eux. Je ne suis d'ailleurs pas loin de la partager, mais à condition que le cancre soit attendrissant et ne doive son statut qu'à une paresse poétique, une nonchalance irrépressible, une volonté affirmée de se taper le coquillard de tout ce qui, de près ou de loin, touche au scolaire, etc. Ce n'était pas le cas de Fouillot qui appartenait à la catégorie des cancres brutaux. Costaud, hargneux, vulgaire et bagarreur, il terrorisait les élèves les plus proches en exigeant, sous peine de représailles douloureuses, qu'ils lui refilent leurs devoirs.

Et qui se trouvait spatialement le plus proche de lui au cours complémentaire Victor-Hugo ? Vous l'avez déjà deviné. Pendant trois ans, j'ai dû, sous peine de sévices et de torgnoles, lui refiler le fruit pas toujours réussi de mon travail.

On aura de la peine à le croire mais, malgré qu'il copiât sur moi de toutes ses forces en tirant la langue, Fouillot n'arrivait à rien car sa nullité était telle qu'il réussissait à se tromper tout seul. Les profs, lors des rentrées d'octobre, échangeaient des renseignements dans la cour.

— Qui a Fouillot cette année ?
— C'est moi.

Celui qui venait de parler offrait déjà le long visage des damnés de la terre. Son interlocuteur poursuivait.

— Je l'ai eu l'année dernière.

Il y avait dans son ton à la fois la trace d'une ancienne souffrance et le soulagement d'en avoir fini avec le martyre.

— Et alors ?

Il n'y avait en général pas de réponse. Des yeux au ciel dans le style des pietà de la Renaissance.

Et c'est la dernière année que le prof principal excédé avait proféré la sentence : « Fouillot, si tu continues comme ça, tu seras éboueur. »

Est-ce que, pour une fois, Fouillot prêta attention aux propos du maître ? Est-ce que le hasard y fut pour quelque chose ? Toujours est-il qu'une dizaine d'années plus tard, je retrouvai Fouillot au cul d'une benne à ordures, déchargeant dans un grand tintamarre (c'était au temps des réceptacles en fer) les poubelles du quartier.

Il ne me reconnut pas et je m'empressai de tourner le coin de la rue la plus proche, ayant en une fraction de seconde retrouvé mes terreurs enfantines, craignant qu'il ne me demande une fois de plus de lui refiler les résultats des exercices de maths et des questions grammaticales.

Et on voudrait qu'aujourd'hui, à quatre-vingts balais passés, je continue à faire le boulot de Fouillot ? Non, mais ça va pas ?

Jamais !

Parce que évidemment, pendant que je traduisais Thucydide en chopant myopie et scoliose, qu'est-ce qu'il faisait, Fouillot ?

Rien !

Ou plus exactement il se la coulait pépère, de bistrot en bistrot, tranquille, alors que l'angoisse au front, j'enquillais les examens, les concours, tout le bataclan, et tout ça pour arriver à quoi ? Pour trier. A la place de Fouillot.

Plastique à gauche, verre à droite, papier au centre, le reste ailleurs, et puis quoi encore ? Et attention, ça paraît simple comme ça, mais ne surtout pas s'y fier. Car si votre papier est mouillé, par exemple si vous avez épluché des légumes dessus, alors là commence le dilemme car le légume, à degrés divers certes, est toujours un peu humide : devez-vous alors mettre le papier, après en avoir au préalable viré les épluchures, dans la poubelle papier ou dans la poubelle tout-venant ? Autrement dit, lorsqu'il est mouillé, le papier cesse-t-il d'être papier ? Je suppose qu'il y a là matière à réflexion parmi les penseurs actuels. En tout cas, j'ai réglé le problème : pas de tri, tout dans le même sac et Dieu reconnaîtra les siens.

Il est déjà tard, je vais aller me coucher. Je me demande pourquoi d'ailleurs, car le sommeil me semble perdu, là-bas bien loin, au bout d'une route qu'une paresse inextinguible m'empêche d'emprunter...

J'ai aimé dormir. Trop sans doute. J'ai oublié le bonheur que procure le sommeil, je reste dans le noir, guettant le craquement du parquet, de l'armoire, des poutres : ce sont mes bruits compagnons. Ils me font du fond de leur nuit des signes amicaux, de brefs saluts, je réponds d'un toussotement, ce sont mes politesses, mes conversations.

Au point où en est ce chapitre, le lecteur grimace. Rien ne s'est passé : une visite chez le toubib, une vieille histoire de poubelle. Bravo, avec ça, il est gâté ! Du rêve jusqu'à la fin de la semaine...

Ce serait une erreur de le croire.

Je me suis laissé entraîner par le bavardage, mais je peux certifier que ce qui suit va complètement changer l'orientation du récit. Je n'en suis moi-même pas revenu. Il est près de midi et la chose a eu lieu il y a moins de deux heures. Il était 10 heures 7 minutes exactement.

J'ai du mal à tracer ces lignes sur la feuille et je sens mon cœur frapper encore un gong sourd, inhabituel, qui ne s'apaise pas.

Il me faut me calmer et tout reprendre depuis le début, ne rien omettre.

Je suis descendu prendre le petit déjeuner chez Bichard. Cela m'arrive rarement. Une flemme soudaine de faire le café, de beurrer ma tartine. Je m'assois toujours à la même table, dans le fond, j'en profite pour parcourir le journal. Leur crème sent la lavasse mais je m'y suis habitué au fil des années.

Je ne sais pas pourquoi je vous parle de Bichard puisque je n'y suis jamais arrivé.

Je me suis habillé. Je m'habille sport. Cela en surprendra plus d'un, mais c'est ainsi car, contrairement à l'opinion admise, le vêtement sport ne nécessite pas, pour qui l'endosse, de contorsions acrobatiques, donc sportives. En particulier, les chaussures n'entraînent pas ces dislocations de la colonne vertébrale qu'appelle le laçage. Quant à cette sorte de blouson hideux qui donne l'impression que je passe mon temps à effectuer des travaux sur l'autoroute, je peux l'enfiler sans avoir besoin de l'aide du voisin pour passer les manches.

Donc je m'habille et je descends. Je sors et, sur le pas de la porte, je vois venir le facteur. Il était chargé, ce qui est normal car il est en début de tournée. Sa gibecière était donc pleine. Nous nous connaissons, il m'est arrivé de lui offrir un verre lorsqu'il m'apporte des lettres avec accusé de réception : elles sont en provenance du syndic. Ce dernier a dû se rendre compte, depuis le temps, que je n'allais jamais aux réunions, mais ça ne fait rien, chaque fois j'y ai droit : une lettre recommandée. Donc le facteur me connaît et j'ai souvent l'impression que la sympathie qu'il semble éprouver pour moi vient du fait que je lui occasionne vraiment peu de travail : je ne reçois pratiquement jamais de courrier. Une carte postale ou deux vers le nouvel an, de vagues cousins qui décident d'investir dans un timbre au cas où je les mentionnerais dans mon testament, et c'est à peu près tout. Quelques cartes d'une famille dont j'ai oublié le nom et qui m'envoie son bon souvenir de Caracas, et c'est réglé. Du coup, il me sourit et, d'un geste expressif, me fait signe de m'arrêter. Ce que je fais.

Attention, c'est maintenant que la chose va se passer.

— Une lettre pour vous !
— Recommandée ?
— Pas cette fois.

Il me la tend. Je sais ce que c'est avant d'avoir touché l'enveloppe, il y a un sigle sur le côté gauche : c'est pour le tiers-monde. Des années qu'ils me poursuivent. C'est pour creuser un puits ou quelque chose d'approchant : vous envoyez un chèque et ça permet à des types qui n'ont jamais vu un chameau de leur vie de reprendre du tournedos sauce madère en commandant une nouvelle bouteille de saint-estèphe 95. Car vous me direz ce que vous voudrez, mais s'ils ne sont pas arrivés depuis le temps à l'avoir, ce foutu puits, c'est pas la peine de continuer.

J'explique tout ça à mon facteur qui rigole et qui me dit :

— Vous n'exagérez pas un peu ? Dans toutes ces boîtes-là, il y en a d'honnêtes.
— Aucune.

J'aime bien être totalement négatif, buté.

Il rit encore plus, touche la visière de sa casquette et remonte la lanière de sa sacoche d'un coup d'épaule. Nous nous serrons la main.

— A la prochaine, dis-je.

C'est là que ça s'est produit.

Il avait déjà fait deux pas, il s'est, sans ralentir, à moitié retourné et a dit nettement : « Encore quatorze ! »

La rue a commencé à tourner sur elle-même. J'ai fermé les yeux et j'ai senti le bois de la porte contre mon dos. J'ai cru que le ciel allait s'inverser, mais à cet instant-là, tout s'est arrêté. J'ai regardé dans sa direction, il avait disparu au coin de la rue. Je n'étais pas assez sûr de la solidité de mes jambes pour le poursuivre.

J'ai laissé tomber Bichard et je suis remonté chez moi. J'ai allumé une cigarette, ce qui ne m'arrive jamais le matin, et j'ai tenté de fumer lentement comme je l'avais appris des durs du cinéma américain des années 40.

Alors là, ça commençait à faire beaucoup.

Il me fallait faire le point.

Qu'un cinglé dans un fond de boutique prétende connaître le nombre qu'il me restait de cigarettes à fumer et de bouteilles à boire, c'était une chose.

Mais que mon facteur, que je connaissais depuis une bonne dizaine d'années, m'annonce le nombre de lettres que j'allais recevoir, ça, c'en était une autre. Dans le premier cas, on restait dans le domaine de la folie, avec le deuxième on entrait dans une autre dimension.

Je n'ai pas dû bouger d'un centimètre de toute la journée. J'ai phosphoré vingt-quatre heures d'affilée. Et, autant le dire tout de suite, j'ai trouvé le nœud de l'énigme.

Il allait à présent falloir le prouver.

J'avais d'abord émis l'hypothèse d'avoir mal entendu. A mon âge, il est difficile de prétendre que l'on a une oreille de renard. Encore fallait-il dans ce cas-là qu'il ait prononcé une formule de départ que mon tympan faiblard aurait pu transformer en « encore quatorze » ; or, je ne voyais rien d'approchant. S'il m'avait dit « à la prochaine fois », « bonne journée » ou « à un de ces jours », je n'aurais pas entendu « encore quatorze ». Et puis, j'avais entendu très nettement, il n'y avait pas à revenir là-dessus.

Autre possibilité : il avait utilisé une langue inconnue, plus exactement un patois local, quelque chose du genre « ancorcatorz », qui aurait voulu dire « Bien des choses chez vous ». Ce n'était pas possible, pour une seule et unique raison : il n'y a pas de patois local.

Il existe quelques expressions, fort peu usitées d'ailleurs, que l'on retrouve essentiellement dans les exclamations. C'est le cas de « nom de d'la », et surtout de « bon Dieu d'bousard » qui, suivant le contexte, peut signifier sacré merdeux ou chanceux à la belote. De plus, cet idiome réduit ne sert qu'aux gens âgés, et surtout d'extraction paysanne, ce qui n'est pas le cas du facteur.

Et s'il avait parlé de lui ? S'il avait voulu dire « plus que quatorze tournées à effectuer » ? Impossible : il n'a pas l'âge de la retraite, et puis ils n'allaient pas tous partir en même temps, le toubib à la pêche, le facteur en balade, ce serait la débandade, non, il a à peine la quarantaine... Il s'agissait bien de moi, j'avais encore le ton dans l'oreille, ça sonnait comme un avertissement : « Vous n'avez plus que quatorze lettres à recevoir. » C'était sans paranoïa la traduction de son « encore quatorze ».

J'ai tourné et retourné cela dans ma tête toute la nuit. Et c'est à l'aube, au moment où j'y croyais le moins, que j'ai eu le déclic.

C'était simple et il fallait être aveugle pour ne pas le voir.

Ils étaient de mèche.

Attention, je sais que l'on pénètre là en terrain dangereux, la thèse du complot est minée car c'est l'instant où naissent les interprétations psychologiques, et plus particulièrement psychiatriques. Les asiles doivent être bourrés de vieux mecs persuadés que l'univers entier a enfin trouvé un but dans sa course galactique : les détruire, en mettant à cette tâche une obstination et un acharnement de toutes les secondes, la fille de salle glissant dans le bol du soir un poison fourni par l'infirmière qui reçoit ses ordres du médecin-chef, qui lui-même est en cheville avec le ministère qui, en réalité, ne fait que suivre les indications des plus hautes instances dirigeantes du pays qui, comme chacun sait, dépendent en grande partie, à la fois de la politique suivie par le Conseil européen, et plus souterrainement, par le Pentagone, affilié direct de la Maison Blanche, de sorte que si, hier soir, la soupe était mortelle, il faut en trouver la raison dans le bureau ovale, et nulle part ailleurs.

Il ne s'agit pas de ça, j'ai suffisamment la tête sur les épaules pour ne pas accuser l'actuel président américain.

Simplement, il y a gros à parier que le facteur connaît l'épicier. Il n'y a d'ailleurs même pas à parier, c'est certain. C'est évidemment le même préposé qui dessert ma rue et celle du Repentir puisqu'elles sont à cinquante mètres l'une de l'autre.

Ils ont dû parler. L'épicier a raconté la blague qu'il était en train de me faire, et ils ont décidé de corser l'affaire. Grosse rigolade.

En y réfléchissant bien, je me suis demandé s'il s'agissait vraiment d'une plaisanterie. Il y a deux ans, j'ai reçu la visite d'un agent immobilier qui m'a demandé si je vendais ma maison. Sans risque d'erreur, je l'ai envoyé balader. Il est parti en maugréant.

J'étais en relation à cette époque avec la mère Benjoin. Tiens, cela me fait penser que je l'ai oubliée en route, celle-là.

Donc, je me rends chez elle et elle m'annonce qu'un type est venu pour lui acheter son gourbi, quatre cents mètres carrés à cinq mètres de hauteur de plafond pour trois francs cinquante. Elle en suffoquait encore. Elle avait appris que le projet était de raser le quartier pour construire un ensemble.

Personne n'en avait plus entendu parler, le coup avait dû foirer.

Et s'il continuait ? Si toute cette histoire n'avait pas d'autre but que de me paniquer, de me faire vider les lieux ?

J'avais tout de même du mal à y croire, je penchais davantage du côté de la plaisanterie.

Du boulot sur la planche : il me fallait m'assurer de la connivence entre mes deux tourmenteurs. C'était le premier point. On verrait après.

Fin du cinquième chapitre.

Ça avance plus vite que je ne le croyais.

6

« Je ne vis qu'elle était belle
Qu'en sortant des grands bois sourds
"Soit, n'y pensons plus !" dit-elle,
Depuis, j'y pense toujours. »

Victor Hugo

Combien de fois ai-je été heureux dans ma vie ? Décidément, toujours la comptabilité.

Difficile de répondre. Autant que les doigts de la main, peut-être plus en cherchant bien. Tous ces comptes dépendent de l'humeur du moment, certains soirs de grande noirceur je répondrais sans doute jamais, pas une seule fois. Les matins où une sorte de sifflotement intempestif me vient aux lèvres, je pourrais répondre beaucoup plus.

De toute façon, il y a une constante dans ces instants élus : une femme est là.

Eh oui, elles ont été la source inépuisable d'emmerdements infinis, elles m'ont détruit l'espoir, les sérénités, mais si j'ai connu quelques moments de lumière, c'est parce que l'une d'elles était présente dans une soirée naissante au large de Romorantin, au pied des beffrois flamands, dans des chambres aux fleurs sèches.

J'ai voyagé, si j'en crois mes souvenirs.

Comment fait-on pour devenir un ronchon chargé d'années, un barbon dont Molière, déjà, se moque, et qui finira seul en bout de décor ? C'est très simple, il suffit d'écarter les doigts et de laisser fuir une femme que l'on a aimée, et ça y est, c'est fini, on endosse le rôle, un peu attristant, beaucoup ridicule... Une perle de vie glisse sur le pont du navire et tombe dans la mer, je reste au bastingage, accoudé devant un soleil endormi. Pourquoi n'ai-je pas su retenir ni les jours ni les êtres ?

Je me posais la question du bonheur parce que si le nombre de cigarettes est compté, le nombre de lettres reçues et tout le reste également, on doit aussi avoir un certain nombre d'instants heureux à vivre. Est-ce que j'ai épuisé le stock de ceux qui m'étaient alloués ? A peu près sans risque d'erreur, nous dirons que la réponse est oui. Je ne me vois pas, fringant octogénaire, glisser en gondole sous le Rialto avec une créature que je tiendrais enlacée, dans une de ces positions alanguies rendues célèbres par la sculpture antique et la Metro Goldwyn Mayer.

— Vous aimez Venise, Deborah ?
— Follement John.
— Encore un peu de champagne, Deborah ?
— Une larme.
— Ne parlons pas de larmes alors que la ville s'illumine et que la lagune s'alanguit.
— Comme vous parlez bien, John, seriez-vous poète ?

— Je le fus, Deborah, je le serai pour vous cette nuit.
— Prenez-moi, John.
— Comment ? Là, en gondole ?
— Avez-vous peur de chavirer, John ?
— C'est déjà fait, Deborah.

Et j'allais louper l'heure avec toutes ces conneries, car ce matin est le matin de la grande traque.

Sur la piste de l'homme des Poste, télégraphe et télécommunication.

Normalement, il devrait déjà être là mais je suppose que tous les détectives privés de l'univers savent que l'adverbe « normalement » n'a pas de sens. Tous les matins, M. Dupont quitte son domicile à 8 heures pile, et ce jour-là il ne sort qu'à 8 h 17. Qu'en déduire ? Qu'il avait oublié de se brosser les dents ? Qu'il vient d'enfouir le cadavre de sa femme dans le placard ?

Le voilà.

De l'endroit où je me trouve, j'ai une vue plongeante sur la ruelle. Il suffit que je me colle contre l'armoire et que je tende le cou.

Il passe devant ma porte sans s'arrêter. Pas de courrier ce matin. Donc toujours quatorze à recevoir.

Je lui donne trois minutes, et en avant pour la filoche. L'agence Pinkerton entre en scène. Discrétion, efficacité, nos agents sont des professionnels avisés qui vous donneront toute satisfaction.

Je sors. Comment fait-on pour se fondre dans la muraille ? Je voudrais bien qu'on m'explique. J'ai lu ça souvent dans les polars : « Il se fondit dans la muraille. »

Ce n'est pas que je fasse beaucoup de bruit mais j'ai tendance à marcher sur la pointe des pieds. Eliminé dès la première épreuve à l'examen d'entrée à l'école des détectives privés. Motif : est repéré par sa propension à faire des pointes lorsqu'il suit une cible, ce qui a pour conséquence d'alerter cette dernière.

Voilà, il entre dans la rue des Repentirs. Il vient de sonner à une des portes, de pousser le battant. En face, mon épicerie.

Etrange de la voir le matin. Elle paraît encore plus lamentable que le soir.

On me dira que mon entreprise est vaine car, si le facteur entre dans la boutique, c'est peut-être simplement pour y porter le courrier, cela ne prouvera donc rien. Par contre, s'il n'entre pas, j'ai la preuve qu'ils n'ont pas de lien entre eux.

Je n'ai eu que le temps de me blottir dans une encoignure. Il est sorti.

Il traverse la rue.

Il entre dans la boutique.

Les salauds.

Et si j'y allais aussi ? Stupéfaction des deux complices. Ils avouent, ils se répandent en excuses, je fais le grand seigneur et l'affaire est réglée. A quoi serviraient les vieillards si l'on ne pouvait plus se foutre d'eux ?

Evidemment, je ne bouge pas.

Je ne bouge toujours pas. Cela fait cinq bonnes minutes que je ne bouge pas.

Bon Dieu, le facteur ne ressort pas.

Une sortie secrète ?

Une porte derrière la caisse communiquant avec les égouts ? Une secte ? Les adorateurs d'Osiris ? Les adeptes de Belzébuth ? Les fils d'Astaroth ? Les fanatiques de l'Apocalypse ?

Dans certaines situations, et celle-ci en fait partie, j'ai tendance à laisser cavaler mon imagination : un facteur entre chez un épicier et en avant pour les extra-terrestres et justement, le revoici.

Dix-sept minutes montre en main.

Il a dû simplement boire un coup. Au fait, est-ce que lui sait combien il lui en reste à picoler ?

Je suis rentré chez moi, pas plus avancé.

Un peu plus tout de même : les deux hommes se connaissent : le gang des farceurs.

C'est en plein milieu de sieste que j'ai eu l'idée.

J'allais leur envoyer la Benjoin.

J'ai de ces illuminations qui me laissent parfois pantois.

Je reviens un peu sur la Benjoin.

C'est une femme d'ambassadeur. Autant le dire tout de suite pour s'en débarrasser. De toute façon, vous ne pourriez pas l'ignorer, même si vous ne la croisiez que dix secondes.

Vous passez sur un pont, vous la voyez en train de se noyer, elle suffoque, elle a les poumons pleins d'eau, elle est paralysée par le froid... ne croyez pas qu'elle va crier « Au secours ! » ou « Je me noie ! ». Pas du tout, il faut laisser ça au tout-venant. Elle rassemblera ses forces et hurlera : « Mon mari était ambassadeur », juste avant de couler. Libre à vous à ce moment de lui jeter une bouée ou de passer en sifflotant d'un air dégagé, je vous conseille personnellement la deuxième option. Grosse fortune, la Benjoin. L'ambassadeur est mort durant la guerre de 40 : Aymar Benjoin de la Bustelle. Avec un semblable patronyme, il ne risquait pas de finir éboueur. Fortune colossale donc, quelques pied-à-terre médiévaux en Lozère et dans le Bas-Languedoc. Sa veuve réside aujourd'hui dans un hôtel particulier avec tableaux bitumeux, trois Rolls sans pneus dans le garage. Les *Sermons* de Bourdaloue reliés en vélin et quinze mille bouquins pourrissent petit à petit dans une bibliothèque qui prend l'eau ; le collier de perles de la duchesse de Lamballe voisine avec une collection de braquemarts d'ivoire et d'ébène sculptés par les tribus dogons aux temps joyeux de l'Afrique-Occidentale Française, cadeau du président du Dahomey.

Parmi toutes les créatures que j'ai pu rencontrer, la Benjoin est de très loin la plus bassinante. Elle m'a mis le grappin dessus rapidement. Elle a dû se dire qu'un enseignant est obligatoirement quelqu'un de cultivé, et que nous allions pouvoir passer les derniers dimanches de notre vie à nous livrer à des explications de texte sur quelques traités, élégies, odes, principes et autres littératures emmerdatoires dont ses étagères sont emplies.

Dès notre première rencontre, je commis une erreur : pour la dégoûter complètement de ma présence et échapper à ses tentatives intempestives de voisinage, je lui appris, en réponse à la question : « A quoi passez-vous vos soirées ? », que je les consacrais uniquement au visionnage en boucle de films de kung-fu. J'ignorais qu'elle allait s'y mettre réellement et devenir une spécialiste des productions de Hong-Kong.

Bref, j'eus droit, pendant quelques soirées, à une avalanche de souvenirs relatifs à sa vie d'ambassades, au temps où Aymar régnait en potentat dans des capitales lointaines, et où des nuées de serviteurs en gants blancs lui versaient du thé de Chine dans de la porcelaine de Saxe.

Je n'ai évidemment pas coupé aux commentaires sur les portraits alignés dans la salle d'armes, depuis celui de Cyriaque de la Bustelle, arrière-grand-père d'Aymar, commandant en second du corps des lanciers qui s'illustra à Marengo, jusqu'à celui d'Aymar lui-même dont la ressemblance frappante avec une tête de mouton me laissa sans voix.

Un soir, ayant forcé sur la vieille chartreuse, elle me saisit distraitement la quéquette, tout en me racontant pour la troisième fois l'arrivée en septembre 1939 de l'empereur d'Annam sur les lieux de la délégation. « Un palanquin en or, mon cher, soixante-dix kilos d'or massif. » Son investigation ne l'ayant apparemment pas convaincue, ce fut la fin de notre séquence érotique, ce qui, je dois le dire, m'arrangeait grandement, étant donné que, pour rester dans une note moyenâgeuse, elle ressemblait plus au donjon qu'à la châtelaine.

Allons, je fais mon malin, je caricature, mais je lui dois quelques reposantes soirées, les doigts de pied en éventail dans son salon Philippe Auguste, à la lueur folâtre des candélabres. J'ai senti là le temps couler avec une surprenante lenteur, quelque chose d'écrasant et de somptueux nous emportait en majesté, la vieille dame et moi. Rien ne pouvait survenir dans ce bien-être, quel incident aurait osé franchir le barrage de ces murs, de ces draperies ? Il aurait fallu bien de l'audace et de la fatuité pour briser le récit de la Benjoin... Sous ses mots, des années surgissaient, ornées, dépensières, ridicules, une France morte, présente grâce à elle au cœur des rizières, des palmeraies, des jungles et des déserts... Ce n'était pas sa faute si l'Empire n'était plus, si le temps des colonies s'en était allé, elle avait lutté pourtant avec ses plateaux de petits-fours, son champagne frappé, dans la sueur moite des Afriques, elle en avait reçu des plénipotentiaires, des potentats, des chefs de tribus, le drapeau tricolore flottait au-dessus de la légation, peine perdue... Elle avait eu beau leur passer *La Marseillaise* et Debussy sur le gramophone, ces gens n'avaient rien respecté.

Elle s'insurgeait de mes ricanements, de mes remarques commerciales : « Si, au lieu de leur faire écouter *Pelléas et Mélisande*, vous aviez payé les coolies, on aurait encore l'Indochine... »

Raisonnement de mercanti, de révolutionnaire marxisant. Décidément, je ne comprenais rien à la diplomatie. On finissait par des engueulades décentes, je rentrais chez moi à l'aube, bourré comme un camping-car. Elle s'endormait dans ses fauteuils, emplie de liqueurs douces. Elle se mettait *Tempête sur T'ai-Pei* ou *Sin Tao fait le ménage* pour s'endormir définitivement devant l'écran allumé.

Elle avait tenté de m'entraîner dans une association catholique où l'on reprisait les chaussettes des pauvres entre deux messes, sans succès, on le devine.

Il fallait la faire intervenir dans l'histoire.

Téléphone.

— Benjoin, je fais du gratin de cuisse de dinde aux courgettes ce soir.

Je sais la prendre. Je connais ses faiblesses. Je l'entends respirer au bout du fil.

— J'apporte le pomerol.

Ça, il faut dire qu'au point de vue liquide, elle est équipée. On écluse les derniers fastes de l'Empire colonial. Aucune bouteille ne dépasse les années 60.

— Très bien. J'ai un service à vous demander. Pourriez-vous passer à l'épicerie de la rue du Repentir ?

Blanc dans l'écouteur. Il faut dire que je fais fort. Proposer à Benjoin d'aller chez l'épicier, c'est un peu comme demander à Kadhafi de secouer les tapis avant le thé à la menthe.

— Et qu'est-ce que je dois faire chez ce brave homme ?

Note de condescendance dans la voix. Pour Benjoin, tous les épiciers sont des braves hommes, de même que les charcutiers, les garçons de café et l'ensemble du petit personnel, c'est-à-dire tout le monde. Benjoin ne vit pas parmi les hommes et les femmes, elle existe au-dessus des braves hommes et des braves femmes.

— Prenez un paquet de cigarettes, des Dumbs, il n'a que ça, d'ailleurs.

— Mon mari l'ambassadeur fumait le cigare.

— Benjoin, nous nous connaissons depuis deux mille ans, vous m'avez raconté votre vie vingt-cinq fois à l'endroit et le double à l'envers, il est donc complètement superflu que chaque fois que vous mentionnez votre époux dans la conversation, vous précisiez qu'il était ambassadeur. Je le sais. La ville entière ne l'ignore pas, et le monde dans sa totalité est au courant. Donc, un paquet de Dumbs.

— J'infère de cette remarque que votre humeur n'est pas au beau fixe.

— Soyez franche, Benjoin, m'avez-vous déjà vu avec l'humeur au beau fixe ?

— Jamais.

— Alors, ne soyez pas surprise.

— Vous avez intérêt à ne pas manquer votre gratin. Je serai chez vous avant 7 heures.

— Pourquoi si tôt ?

— Parce que je dois passer au vidéoclub, ils ont enfin reçu *Le Retour de Shao-Lin*, et ils ferment à cette heure-là : je ne vais pas m'amuser à traîner dans la rue.

J'hésitais mais je me suis décidé.

— Une dernière précision. Retenez bien tout ce que l'épicier va vous dire, ne commencez pas à l'assommer avec vos histoires d'ambassade dont il se fout éperdument. Et n'oubliez pas le pinard.

J'ai raccroché. J'aime bien être désagréable avec elle. Elle aime bien que je le sois car elle adore suffoquer. Je la vois en ce moment : « Mon pomerol sacro-saint ! Du pinard ! Et mes corton-charlemagne, de la vinasse ? Aymar a dû faire trois tours dans son mausolée. »

C'est pas un cadavre, Aymar, c'est une toupie, un culbuto. Pour la moindre nouvelle, pour le plus petit changement il se retourne, la crêpe de la Chandeleur, Aymar, il est plus agité mort que vivant. Il n'arrête pas, pas une seconde de repos : « Aymar doit se retourner dans sa tombe ! » Il faut dire qu'il y a de quoi : « On a supprimé les rince-doigts dans les dîners officiels aux Pays-Bas, vous vous rendez compte... » Je me demande où elle apprend des trucs pareils, sur quelle radio elle se branche, quels journaux elle lit, car Aymar ne fait pas des galipettes pour n'importe quoi : si on déclare une troisième guerre mondiale, il reste à plat, il s'en fout, mais si l'on supprime le baisemain à la cour du Danemark, hop, triple salto arrière.

Je vais me mettre en retard avec tout ça, ce genre de gratin demande du temps et de l'attention. Je dois en effet faire dégeler la boîte, et non seulement planquer l'emballage mais créer un joyeux désordre dans la cuisine : salir des plats, des poêles, maculer des couteaux, laisser traîner le sel, le poivre, tout ce qui permet de conclure à une activité de maître queux. En général, je la laisse avaler la première bouchée et pose la question : « Alors ? »

Je prends l'air tendu de la mère qui vient présenter son enfant au concours du plus beau bébé.

— Une merveille. Vous vous surpassez !

Je ricane alors et constate :

— Quand je pense qu'il y a des gens qui ne mangent que du surgelé...

Elle lève les yeux au ciel en une courte prière à l'intention de ces malheureux frappés par un destin injuste et cruel.

A 18 h 52, elle a sonné et on s'est envoyé un apéro avant qu'elle ne me tende le paquet de Dumbs.

— Un curieux personnage, votre épicier.

J'ai dressé l'oreille.

— Pourquoi ?

— Je rentre dans la boutique et quelle est la première chose que je vois ?

Comme si je pouvais le savoir ! L'art d'emmerder le monde avec des questions qui n'ont pas de réponse.

Comme elle voit que je ne me donne même pas la peine de chercher, elle assène :

— Des gants de filoselle. Vous savez ce qu'est la filoselle ?

— Non.

— C'est de la bourre de cocons de soie. C'est rarissime. Je n'avais plus porté de gants de filoselle depuis la garden-party donnée par Norodom Sihanouk pour le trentième anniversaire de la présence française à Vientiane. Je lui en ai acheté une paire et il m'a avoué qu'il craignait de ne plus en vendre, il en avait un stock en magasin depuis plus de vingt-cinq ans. A ce propos...

Elle replonge dans son gratin, l'air vague. Elle s'interrompt de temps en temps, sans raison sinon celle de retenir l'attention de l'interlocuteur.

— A ce propos...
— Il m'a dit une drôle de chose.
Ça a commencé à faire tilt dans ma tête.
— Quelle chose ?
— Il a regardé dans un cahier et il a eu l'air malheureux, je lui ai demandé si quelque chose n'allait pas, il a hoché la tête et a dit : « Ce sont les avant-derniers. »

Tous les poils de mes avant-bras se sont dressés. On y était à nouveau. Elle s'est enfilé d'un coup un quart de la bouteille de pomerol, et a repris :

— Je n'ai pas compris parce qu'il avait au moins une trentaine d'autres paires dans sa boîte en carton. Je lui ai fait remarquer qu'il lui en restait et il a précisé : « Quand je dis les avant-derniers, je veux dire les avant-derniers pour vous. »

Lorsque je suis ému, ma voix change : j'ai eu peur de gagner une octave supplémentaire.

— Qu'est-ce qu'il a dit exactement ?
— « Les avant-derniers pour vous. »

Un calme exaspérant se dégage d'elle, elle n'a pas l'air surprise du tout. On lui annoncerait que c'est son dernier gratin aux courgettes qu'elle ne sourcillerait pas.

— Ça ne vous épate pas qu'il ait dit cela ?
— Non, pourquoi ?

J'ai posé ma fourchette sur la table.

— Un type vous annonce que c'est l'avant-dernière fois que vous achetez des gants de filoselle, et vous trouvez ça normal. Vous ne vous demandez pas comment il peut le savoir !

— Si, je le lui ai d'ailleurs demandé.

Ah, tout de même, plus maligne qu'il n'y paraît !

— Et qu'est-ce qu'il a répondu ?
— Il m'a dit que c'était marqué sur son cahier.

— Et vous vous êtes satisfaite de ça ?
— Non. C'est à ce moment-là que j'ai compris.
Je vais la tuer. A petit feu de préférence.
— Qu'est-ce que vous avez compris ?
— Qu'il buvait.
— Comment le savez-vous ?
Ça a été son tour de poser la fourchette.
— Quand quelqu'un vous sort une ânerie pareille, vous avez une autre explication ?

On se regarde. De son point de vue, elle n'a pas tort, mais du mien elle n'a pas raison. Ce type ne boit pas, j'en mettrais ma main à couper. Pas une tête à ça. Cet œil rieur et aiguisé qu'il promène sur le monde n'aurait pas résisté à l'absorption de trop d'alcool.

— Il ne boit pas, j'en suis sûr.
— Il boit.

Têtue. Je l'avais constaté au cours de quelques conversations à consonance politique, elle m'a affirmé à maintes reprises que le général de Gaulle était un membre actif du parti communiste. Un type capable de brader l'Empire de cette façon éhontée ne pouvait être qu'un suppôt de Lénine.

— Il ne boit pas.

Elle soupire. Elle possède ce que l'on pourrait appeler une poitrine à retard. Si elle s'assoit, durant quelques secondes alors qu'elle se tient parfaitement immobile, ses seins remuent encore, agités par un ample mouvement de ressac avant de s'apaiser. Même chose pour le soupir : une houle secoue sa phénoménale mer de chair molle.

— Il boit. D'ailleurs, je l'ai vu boire.

J'en garde la bouche ouverte. Je referme péniblement.

— Quand ça ?

— Il y a deux ans, pour l'enterrement de la mère du sous-préfet.

— Qu'est-ce qu'il foutait là ?

Son sourcil gauche se lève en une mimique d'étonnement.

— Son travail.

— Quel travail ?

Elle se ressert. Le plat est presque vide. J'ai pourtant pris la portion pour six personnes.

J'entends encore sa voix lorsqu'elle a répondu, je pense que je la garderai dans l'oreille jusqu'à la fin de mes jours.

— Il se tenait devant une tombe qu'il venait de creuser. Il était fossoyeur à cette époque.

Un orage s'est levé dans mon estomac. Elle a continué à pérorer : elle ne l'avait pas reconnu tout de suite, il avait expliqué que cela ne faisait que peu de temps qu'il tenait cette épicerie. C'était tout de même plus gai que de creuser et de descendre des cercueils au fond des trous.

J'ai un souvenir particulier de la suite de cette soirée, c'était comme si je ne la vivais pas réellement. Elle me parlait, je rétorquais, mais tout se passait comme si je n'avais pas été vraiment là. Une étrange impression de dédoublement m'était venue. Je n'arrivais pas à penser à autre chose qu'à ce qu'elle venait de m'apprendre, et la conclusion s'imposait : l'homme qui m'avait annoncé deux chiffres pour moi fatidiques avait, pendant des années, eu un contact avec la mort.

Je crois n'avoir pas encore écrit le mot. Peut-être. Je ne sais plus.

— Il est temps d'y venir. Sacrément temps.

Qu'est-ce qu'elle veut dire par là ? Elle ne va pas se mettre à lire dans les pensées à présent. Ses mamelles s'écrasent sur le rebord de la table.

— Vous venez de penser à la mort. Ça se voit à vos yeux.

Je ne lui ai jamais vu ce visage. Qu'est-ce qui se passe ?...

— Vous pensez tous qu'elle a le visage des squelettes, pauvre Yorick, grande faucheuse et cimetière sous la lune, c'est une erreur.

Je n'arrive plus à décoller ma langue du palais. Qu'est-ce qui se passe ? J'ai déjà dit « qu'est-ce qui se passe ? », les mots reviennent d'eux-mêmes dans ma tête, il faut que je me secoue, que j'aille pisser, c'est son foutu pomerol qui me fusille la vessie.

— Personne ne possède plus d'apparences qu'elle. C'est bien normal, elle est vieille comme le monde et détient tous les déguisements. Ne la cherchez pas sous un linceul noir ou sous un masque d'or : elle est dans un enfant qui passe en sautillant, dans la douceur d'un corps aimé, elle se tient dans le sourire d'un ami aussi bien que dans le vent sur les plaines, elle est dans le fourreau d'un poignard, dans la silhouette d'un facteur, la voix d'un épicier.

Ma serviette est tombée à ce moment-là. S'il avait fallu que je la ramasse pour obtenir l'éternité, je n'y serais pas arrivé. Je suis tout de même parvenu à aligner quelques syllabes desséchées.

— Et ce soir, à quoi ressemble-t-elle ?

Elle a posé la fourchette sur le bord de l'assiette avec un soin maniaque. Elle m'a déjà reproché de ne pas avoir de porte-couteaux.

— Ce soir, c'est une vieille et grosse femme. C'est moi.

Elle me fixait comme jamais elle ne l'avait fait. J'ai eu l'impression de devenir un objet dont elle allait se servir. Elle allait me posséder d'une façon que j'ignorais mais qui me semblait effroyable, et pourtant une incompréhensible tendresse planait.

— Vous vous connaissez tous les trois, n'est-ce pas ?

Elle a hoché la tête d'un air de grande commisération.

— Vous n'avez pas bien compris, nous ne nous connaissons pas, il faudrait pour ça que nous soyons trois personnes différentes. Or nous sommes un seul, j'étais épicier il y a trois jours, facteur il y a vingt-quatre heures et, ce soir, je suis la femme de l'ambassadeur.

Ce n'est plus son visage, c'est autre chose. Il faut que je me lève, que je quitte très vite cette pièce, fuir cette monstruosité qui se trouve devant moi, qui va m'emporter, vieille peau dont j'ai eu peur toute ma vie, j'y suis, elle est là, c'est maintenant, dans cette pièce où j'ai vécu toutes ces années. Le vieux capitaine aux vaisseaux délabrés, aux voiles pendantes sur une mer étale, silencieuse et glacée, c'est donc ainsi que les choses se passent.

Ses yeux se sont rapprochés, elle me tient, je sens ses mains sur moi.

Elle me secoue et je devine dans son regard un incompréhensible effroi. Que pourrait-elle craindre ?

— Ouvrez les yeux. Parlez-moi maintenant ...

J'émerge, l'océan disparaît, et les navires aux mâts déglingués. Je suis chez moi, à table, j'ai glissé de ma chaise, je me réinstalle tandis qu'elle s'écarte.

— Qu'est-ce qui vous est arrivé ?

Je ne sais pas, comme un sommeil qui s'est jeté sur moi, un oiseau de nuit rapide et inévitable, ses ailes ont envahi la pièce. Elle est affolée, la Benjoin, elle en a abandonné son assiette.

— Vos couleurs reviennent...

Tant mieux. Mais quel drôle de rêve. Combien de temps suis-je parti ?

— Je suppose qu'on appelle ça un malaise.

Décidément, c'est la soirée des mots non prononcés : « mort », « malaise », où cela s'arrêtera-t-il ?

— Cela vous arrive souvent ?

— Jamais.

Le vin n'y est pour rien, il m'arrive d'en boire davantage, je ne m'étais jamais évanoui de toute ma vie.

— J'appelle un médecin ?

— Pas question, c'est fini.

Elle a froncé les sourcils. Revenue à sa chaise, elle pioche dans son assiette, mais le cœur n'y est plus. Elle ne me quitte pas de l'œil, elle a peur que ça recommence.

— Que s'est-il passé à votre avis ?

— Un rêve, dis-je, vous y jouiez un rôle.

— Lequel ?

Chère Benjoin, je ne lui dirai rien, elle ne saura pas que, durant quelques fractions de minute, elle aura été ma mort. Est-ce d'avoir frôlé un gouffre que je la découvre si précieuse, nous sommes deux vieux rafiots que la vie en bout de course rejette sur les galets d'une plage commune... Elle est mon amie, même si je ne l'avoue pas, mon exaspérante amie si inquiète soudain de me voir partir à la dérive... Mais je suis de retour.

Qu'est-ce que j'ai dû avoir la trouille pour m'amollir de telle manière, tout romanesque et si sentimental, tout juste si je n'allais pas la demander en mariage pour remplacer l'ambassadeur.

Je l'ai raccompagnée jusque chez elle, cela ne m'était jamais arrivé. Serait-ce le début du changement, j'ai prétexté une envie de marcher. Ce n'était pas vrai, je me suis couché, mort de fatigue.

Je ne crois pas aux rêves et je ne sais plus si j'ai raison.

7

« Dans l'église du château gisent ensemble chevaux crevés et princes défunts. »

Sandor MARAI

Ma vie fut totalement et sans exception marquée par l'absence d'activités sportives. Le fait que la plupart soient collectives m'a déjà fait considérer tout cet univers comme insupportable. L'esprit d'équipe m'est apparu très tôt comme une perversion absolue des tendances naturelles de la pensée humaine. J'ai pratiqué le football trois minutes en août 1934 et je sais donc de quoi je parle. Maman m'avait inscrit au club local, malgré mon opposition violente, et les faits ne me démentirent pas. Je pénétrai pour la première fois sur un terrain constitué de mâchefer noirâtre qui me parut, dès le premier regard, éminemment dangereux. Je ne m'étais pas trompé.

Je n'y étais pas depuis cinq secondes qu'une poussée violente, alors que je m'apprêtais pour la première fois à toucher le ballon, m'expédia à dix mètres.

Il faut préciser que, par suite des restrictions dues à la guerre et d'une constitution faiblarde, je ne pesais pas lourd. Je partis en vol plané et me retrouvai genoux et paumes en sang. A peine relevé, le ballon me parvint de nouveau, une balle haute qui me percuta le sommet du crâne. La sphère en ces années était en cuir, avec des lacets, et devait peser dix kilos. Je me souviens avoir pensé un instant que l'on m'avait balancé une enclume. Je m'écroulai et sortis du terrain, décidé à ne plus jamais y rentrer. J'ai tenu parole.

Cela ne m'empêcha évidemment pas, au cours de l'adolescence, et même plus tard, de rêver à une carrière de footballeur. Cette profession m'a fasciné pour deux raisons : la première était la vertigineuse montée des salaires. Il n'y a pas si longtemps, j'ai calculé qu'un joueur de première division gagnait en vingt minutes l'équivalent de six mois de la retraite d'un prof de secondaire. La seconde raison de mon intérêt pour ce sport si répandu est qu'il est pratiqué par des athlètes. Je ne manque jamais, après le coup de sifflet final, ce moment où les joueurs échangent leurs maillots, dévoilant ainsi leurs abdominaux quadrillés. Non que je me sente attiré par le corps masculin – je professe par rapport à l'homosexualité une compréhension doucement navrée, comme la plupart des enseignants de gauche à tendance écologique –, mais j'ai toujours eu tendance à penser que si je faisais un effort, si je joggais, si je soulevais des haltères, si je pratiquais le cyclorameur, la natation et les barres parallèles, je posséderais moi aussi cette avantageuse silhouette sportive. L'image télévisuelle de l'athlète me renvoie au fantasme de mon corps possible. Je ne sais si je me fais bien comprendre. Je m'en fous, de toute façon, mais tout de même, on ne sait jamais. Donc cela signifie tout bêtement qu'il aurait suffi d'un peu de bonne volonté pour que je resplendisse musculairement.

J'ai donc acheté des haltères. Pas des lourds, des trois kilos. J'ai dû tenir six mois. Je les soulevais chaque matin en suivant les indications écrites sur le couvercle de la boîte. Dix minutes, avant de me rendre au lycée. Je tentais, devant mon armoire à glace, de me rendre compte des résultats. J'ai même essayé, à l'aide d'un mètre à ruban, de mesurer mes biceps. Devant le spectacle de mon corps dévêtu brandissant ces deux massues dérisoires, je suis arrivé à m'apitoyer moi-même. Je me suis longtemps considéré comme un cas à part : quel que fût l'entraînement pratiqué, je n'ai jamais accompli le moindre progrès, je n'ai pas pris un seul quart de millimètre de quadriceps ou de deltoïde. De même, lorsque je sortais de l'océan à Pornichet, il me venait des images de corps sculpté, de tant de vagues fouettantes, tant de rouleaux vaincus, tant de forces liquides lancées, tant d'écume, d'embruns, de violence dont j'émergeais, chancelant, il devait bien en rester quelque chose. Le ciseau de la mer avait dû splendidement me modeler, il y avait du Rodin dans l'océan, un Michel-Ange atlantique m'avait sculpté façon statue.

Rentrant de la plage, je croisais ma silhouette dans les vitrines et je constatais, consterné, que rien de tel ne s'était produit : gringalet j'entrais dans les lames cinglantes, freluquet j'en sortais. En fait, j'ai toujours entretenu avec ma silhouette des rapports aigris, voire agressifs. Parmi le déluge de conneries que les psychologues déversent sur nos malheureuses têtes, il en est une superbe : « Comment

voulez-vous arriver à aimer les autres si vous ne vous aimez pas vous-même ? » Eh bien moi je ne m'aime pas, et j'ai aimé quelques autres.
Très peu.
Mais tout de même quelques-uns. Et fort en plus.
J'arrête. Pour ce soir.

Ecouté à la radio un cycliste expliquant sa mauvaise prestation dans une course à étapes, je ne sais plus laquelle : « Ce matin j'avais de mauvaises jambes. » J'ai pensé qu'il m'arrivait, certains jours, d'avoir un mauvais cerveau. Ce sont ceux où je traîne sur mes biscottes, où me lever s'apparente pour moi à la montée d'un Galibier. Je traînasse sans extraire le moindre plaisir de mon traînassement. Je sais déjà que, sur le coup de midi, j'aurai ma boîte de tripes, il m'est arrivé de les manger froides à la petite cuillère, lors de moments de grande flemme. Je regarde par la fenêtre et la vie passe sur mes côtés. Je suis une étrave et le vent qui souffle au-dessus des toits ne reviendra plus. Je résiste à une envie de whisky qui me convient de moins en moins alors que le désir existe de plus en plus. Ça doit bourlinguer dans la tuyauterie. Un peu d'alcool fort et c'est l'incendie du Reichstag. L'œsophage incandescent, je dois éteindre à grands coups d'eau. Misère. Commencé un polar tellement con que ça m'a sidéré. Comment est-il possible d'emmerder les gens avec un tel acharnement ? Une histoire de femme découpée en morceaux, ça n'est déjà pas très original ; en plus, le nombre de femmes découpées en morceaux dans les polars est incommensurable ! Cela semble leur fonction principale, leur rôle prépondérant ! Question de baccalauréat, option « littérature policière » : que font les femmes dans les polars ? Réponse : elles se font couper en morceaux. Très bien, bravo, 18 sur 20. Vous êtes reçu. Enfin, parfois elles emmerdent leur mari qui est flic.

— Chérie, je ne rentre pas ce soir, une banque doit être braquée dans la 25e rue.

— Tu sais que c'est l'anniversaire du petit et que tu devais l'emmener au base-ball.

— Je sais, Viviana, mais je suis de service.

— Aucune importance, Junior est à côté de moi. Tu l'entends pleurer ?

— Je t'assure Viviana que...

— Et ce bruit, tu l'as entendu ?

— Ça a fait « clac » !

— C'est le couvercle de ma valise. Adieu Burt. Il reste du sandwich au poulet dans le frigo.

Quelquefois, elles sont flics elles-mêmes, mode récente. Elles ont alors tendance à se faire sauter par le lieutenant dont l'épouse vient de se tirer avec Junior en lui laissant un sandwich au poulet dans le frigo.

Je continue. Donc, celle-là est coupée en morceaux ; et quand les types en font le compte, ils s'aperçoivent de quoi ? Qu'il en manque un ? Pas du tout. C'est l'inverse : il y en a un en plus ! Alors là, la fatigue a commencé à m'envahir, mais j'avais atteint un tel état de lassitude que j'ai continué. Fermer le bouquin, le poser sur la table de nuit, éteindre la lumière et m'enfoncer dans l'oreiller m'a paru un effort insurmontable. Donc, il y a un orteil en trop. Panique sous les képis : qu'est-ce qu'il fout là ? Quel est l'imbécile qui s'est amusé à fourrer un doigt de pied surnuméraire dans le colis ? Idée de l'inspecteur chargé de l'enquête : et si c'était le type qui avait découpé la bonne femme à la hache, qui, dans sa précipitation, s'était coupé un orteil et l'avait laissé avec les autres ? Quoi de plus normal ? Vous découpez un gigot un soir chez vous pour des amis, vous vous tranchez l'index et vous le laissez dans le plat. Surprise des invités : tiens, qu'est-ce que ce doigt fait là ? A qui peut-il bien appartenir ? On évolue en pleine folie douce. En fin de compte, alors que le suspect numéro 1, un charcutier pédophile récidiviste, est disculpé, on plonge dans une histoire de secte dont le chef de file boite. Cette boiterie n'échappe pas à l'œil averti et soupçonneux du détective, car pourquoi boite-t-il, ce chef de file ? Parce qu'il a un orteil en moins, évidemment ! Pas du tout, il boite parce qu'il s'est fracturé la cheville à Val-d'Isère. Retour à la case départ. Là j'ai craqué et offert le livre à Benjoin. Je ne saurai jamais qui était l'assassin de la fille aux onze orteils. Un des innombrables mystères que je n'aurais pas élucidés...

Rare que je trouve un livre bon. Rare également que je vois un bon film antérieur aux années 50. *Idem* pour les chansons. Je sais pourquoi : je suis un ronchon, je le sais, je n'y peux rien. Ça me vient tout seul, aucun mérite. Ça devient moins vrai d'ailleurs, avec les années les choses m'horripilent moins pour m'ennuyer davantage. Pas sûr que je gagne au change. J'en suis à me demander si la mort n'est pas le comble du j'm'en-foutisme. Etant spécialiste en pensées peu profondes, ce ne doit pas être ça, il doit y avoir un défaut dans le raisonnement.

Mal dormi cette nuit. J'en ai été réduit à calculer combien j'avais vécu de secondes, de ma naissance à aujourd'hui. En gros, sans tenir compte des années bissextiles et en arrondissant : $84 \times 365 \times 24 \times 360$.

C'est assez dur de tête. On obtient 264 902 400. Ça ne m'a même pas fait sombrer dans le sommeil.

Temps de novembre, or nous ne sommes pas en novembre, ou alors c'est toujours novembre depuis longtemps et pour longtemps. Possible. Je suis la succession des saisons à la hauteur des premières lueurs du jour sur le mur de ma chambre : lorsqu'elles parviennent à dépasser les lambris, c'est l'été. Information passionnante. J'arrive parfois, lorsque je m'applique, à m'ennuyer moi-même. J'ai alors envie de me quitter, d'abandonner ce triste radoteur qui m'empoisonne les jours. Impression absurde que, si j'arrivais à courir très vite, je m'abandonnerais derrière moi. Il reste le refuge dans les douces habitudes, ce sont celles dans lesquelles je parviens à m'oublier : cigarette de crépuscule, cognac-surprise dont le faux surgissement est une tradition instituée, aussi conventionnelle que les autres... bain chaud de fin de semaine, sieste d'hiver sur le divan du salon près du Godin, sieste d'été sur chaise longue, l'ombre du tilleul sur moi... Je m'installe et je me fais la séance disque : Gigli chantant *Tosca*, Sibelius pour « La Valse triste » et « Ah ! dis chéri, ah joue-moi-z-en, d'la trompette » pour entendre Maman rire.

Elle aimait aussi un passage d'une toccata qu'elle sifflotait en manœuvrant son moulin à légumes : quatre notes, pas plus. Je n'ai jamais retrouvé le disque. Bach, mais pas sûr. Cela fait des années que je me dis qu'il faudrait que j'achète tout Bach pour repérer les quatre notes, je les entends toujours, ta tsoin ta ta, la cuisine sentait la soupe au poireau. Elle sifflait très bien Bach et « joue-moi-z-en d'la trompette ». Large registre ! C'était un peu étroit comme formation musicale mais ça n'a pas eu beaucoup d'importance. J'ai toujours chanté faux, d'où peut-être mon amour de l'opéra : tout chanteur était un surhomme, comment faisait-il pour s'extraire de si justes, si vibrantes, si superbes plaintes ? « Che lucevan le stelle » : c'était l'instant où mouraient les ténors, à l'aube, sur les remparts des châteaux romains, les troupeaux descendaient les douces collines et les dômes des églises s'éclairaient. Tout était là dans la vieille cuisine, les créneaux de Saint-Ange, les ors de Saint-Pierre, la splendeur italienne des robes de la cantatrice, le meurtre du tyran, les candélabres, et Cavaradossi attendant les soldats dans l'aube qui monte sur les eaux du Tibre. Je me cramponnais au tabouret pour le contre-*ut* et j'avais quoi ? Quatre ans, cinq ans ? Je devinais le faste, les velours, il y avait des lieux magiques, carton-pâte et lumières domptées... le théâtre !

Gigli est mort, et bien des Tosca depuis ce temps : un siècle à vingt ans près, mais la cuisine est la même, et mon frisson identique... Et puis j'écoute Sibelius, c'est tellement navrant Sibelius, tellement fin de bout du monde, un dérapage en douceur dans un oubli amorti. Pourquoi je vois un lac cerné de montagnes ?... Suisse, Autriche ou Bavière. Un vieux palace se meurt, dernières lumières, des statues s'effritent, des marbres moribonds se reflètent dans des glaces piquées où les voyageurs ne se contemplent plus. Au grenier les malles-cabines, les longues écharpes, les fume-cigarette interminables, les faces-à-main. Sur la terrasse qui descend vers la rive, un vieil orchestre se remet à la rengaine, smokings effrangés, pour un dernier morceau pour les derniers dîneurs que le temps a dispersés, le vent joue dans les cristaux où les fantômes ne boivent plus les champagnes millésimés. Une valse pour finir, gentes dames, les années ont passé et les voiles de vos robes se sont déchirés à l'âpreté de vos squelettes. Violonistes moribonds dont les archets s'estompent... Merveilleux Sibelius qui a compris que tout meurt, même les balustres, les balcons surannés, les serviteurs fidèles et les lacs autrichiens. Seules flottent les notes sur les eaux mortes et claires, elles subsistent malgré les doigts gourds et fatigués qui traînent sur les claviers des pianos démodés.

Putain ! J'arrive parfois à m'endormir tout seul. Un petit coup de trompette, « chéri joue-moi-z-en », pour me remettre l'âme à l'endroit, elle qui avait versé. Maman aimait le chanteur : Rogers. Elle l'avait vu à Châtellerault en 1922, elle me le précisait chaque fois. C'était à l'Eden Folie, au temps où les cinémas proposaient des attractions, entre actualités et film. « Il rentrait en caleçon sur la scène, il faisait comme s'il avait oublié son pantalon... » Châtellerault mourait de rire. Il y avait de l'invention à l'époque, on ne reculait pas devant les subtilités ! Le disque est presque usé, l'aiguille patine sur les derniers sillons. Lorsque la cire sera devenue lisse, il ne restera rien de M. Rogers qui savait si bien faire rire le public, les après-midi du dimanche à l'Eden Folie des villes provinciales. Fin d'un artiste. Fin du concert...

8

« Les samouraïs n'ont pas de pantoufles. »

Claude KLOTZ

J'ai déposé trois oranges sur le plateau de la balance. Je ne savais pas que cela existait encore, il faut venir ici pour en voir une, cela s'appelle une Roberval je crois, je ne suis pas très sûr. Il pèse avec des poids de cuivre, cylindriques.

— Il m'en reste combien ?

Il lève vers moi un regard innocent.

— Je ne comprends pas.

Je n'arrive pas à croire qu'il a été fossoyeur.

— Des oranges, il m'en reste combien à acheter ?

Il prend l'air entendu. Petit futé.

— Je n'en ai aucune idée.

Je crois que je vais me permettre un léger ricanement.

— Vous n'avez pas les chiffres pour tous les articles ?

Il hoche la tête avec cet air légèrement navré que prennent les marchands de chaussures lorsqu'ils doivent vous annoncer qu'ils n'ont pas votre pointure en magasin.

— Ce serait trop compliqué. Je les ai simplement pour ce qui concerne vos achats les plus usuels.

Les cigarettes, le vin : bien vu. Le reste n'est pas comptabilisé.

J'ai décidé de frapper un grand coup. C'est le moment.

— Donnez-moi des paquets de Dumbs également.
— Combien ?
— Quatorze.

Il n'a pas sourcillé. Il empile les paquets.

— Vous voulez un sac ?

Comme si de rien n'était. Il fait celui qui ne sait rien. Un vendeur ordinaire dont le métier est de ne jamais s'étonner des demandes du client. Même rue du Repentir, le client est roi. Il ne s'en tirera pas comme ça. Il ne sait pas qu'il a affaire à un teigneux. A l'attaque.

— Combien m'en reste-t-il ?

Peut-être y a-t-il trop longtemps que l'éventuel lecteur n'a pas été épaté. Peut-être même se laisserait-il aller à une légère somnolence si ne surgissait pas l'inopiné. Ce qui va suivre le sidérera, tout simplement, comme cela m'a foudroyé : il m'a suffi d'une unique syllabe. L'épicier compulse son cahier, suit du bout de l'index une rangée de noms et s'arrête sur le mien. C'est tout du moins ce que je suppose, sa boutique est toujours aussi mal éclairée. C'est sans doute le seul endroit au monde où une ampoule électrique ne donne pas plus de lumière qu'une bougie.

— Deux.

Il a dit « deux » !

Il a bien dit : deux.

Quatorze moins quatorze égale deux. C'est très connu.

Gâteux. Ce type me prend pour un gâteux. Je suis arrivé à l'âge où l'arithmétique s'arrête. Le vieillard chenu – moi en l'occurrence – a cessé d'accéder au stade de la soustraction.

Je m'efforce de respirer lentement et chantonne d'une voix sucrée. Miel, guimauve et eau de rose.

— Vous êtes bien sûr ?

— C'est écrit là.

Restons calme, pensons à un lac où la rive se reflète, à une tombe sous la neige, au Bouddha, à Burt Lancaster dans *Bronco Apache*.

— Il doit y avoir une erreur, flûté-je, vous m'avez dit la semaine dernière qu'il en restait quatorze.

— Et alors ?

Ou il fait exprès de ne pas comprendre ou il est totalement abruti.

— Alors, c'est tout simple. Il en restait quatorze, je vous en prends quatorze, donc il n'en reste plus. Or, vous me dites qu'il en reste deux, j'en conclus que vous me racontez des sornettes, voire des billevesées.

Revoilà le sourire. Angélique quasiment, Mona Lisa en homme.

— Vous n'avez pas très bien compris, dit-il, les chiffres changent.

Eh bien tiens pardi, rien de plus simple, ça change, voilà tout, quoi de plus normal ? Il vous reste trois clopes à fumer le mardi, un million et demi le lendemain, trente fois plus en fin de semaine, et roulez jeunesse.

— Je comprends très bien que vous dites n'importe quoi et que votre histoire de chiffre ne tient pas debout.

Il secoue la tête, toujours de bonne humeur. Il va m'expliquer tout ça, ne vous inquiétez pas, ça va devenir d'une limpide clarté.

— Vous êtes venu mardi dernier, n'est-ce pas ?

Jusque-là, on est d'accord. Attention à ce qui va suivre.

— Et mardi dernier, effectivement, je m'en souviens très bien, il vous en restait quatorze paquets. Mais ce nombre a changé, aujourd'hui il vous en reste seize, il en a été rajouté deux.

Je le sens capable d'inventer n'importe quoi pour se tirer d'une situation périlleuse : avec sa blouse de vieil instit et sa bonne tête réjouie, vous avez devant vous le roi de l'arnaque.

— Et qui en a rajouté deux ?

Nouveau hochement de tête.

— Ça, monsieur, je ne l'ai jamais su. Dans l'ensemble, ça reste stable...

Ses doigts feuillettent distraitement le cahier.

— Mais il arrive que ça bouge... jamais beaucoup : quelques articles en plus, d'autres en moins...

— Parce que ça peut aller dans l'autre sens ?

— Bien sûr !

Il a l'air soudainement offusqué.

— Il n'y a pas de raison, ça va dans les deux sens. Ou ça monte ou ça descend ?

Perplexité immédiate sur ses traits. Il s'avoue apparemment incompétent.

— Ça, monsieur, je ne vais pas pouvoir vous répondre avec certitude, je n'ai jamais beaucoup réfléchi à la question, j'ai une vague intuition, c'est tout.

— Quelle est-elle ?

Il se gratte la tête de l'ongle du petit doigt. Un geste précieux, inattendu. Sa voix baisse soudain légèrement.

Les pantoufles du samouraï

— Je vous le donne pour ce que ça vaut, mais c'est mon impression...

Il se penche vers moi par-dessus sa balance, a un regard furtif vers la porte, comme si quelqu'un allait entrer.

— ... je crois que ce sont des récompenses ou des punitions.

Qu'est-ce qu'il raconte ?

— Vous par exemple, depuis mardi dernier vous devez avoir fait quelque chose de bien, ce qui vous vaut deux paquets de plus.

Ça, c'est la meilleure ! Mais je n'ai rien fait depuis mardi ! Je n'ai sauvé personne des flammes, ni de la noyade, je n'ai fait l'aumône à quiconque, non seulement cela, mais je n'ai même pas eu la moindre idée de le faire. J'aurais laissé tranquillement mon prochain brûler, mon prochain se noyer et le SDF de la rue Landerne mourir de faim sans lui refiler l'ombre d'un fantôme de sandwich.

— Qui vous demande d'inscrire deux paquets de plus ?

— Ce n'est pas moi qui inscris, monsieur, c'est écrit dans le cahier, voilà tout. Je découvre les modifications chaque matin. Je suppose que les changements ont lieu durant la nuit.

Je regarde l'objet une nouvelle fois. Un vieux cahier dont la couverture s'écorne et dont les couleurs ont pâli, des pages vont bientôt se détacher s'il n'est pas manié avec précaution. Ça pourrait être le cahier d'un cancre, d'un gosse aux doigts gras qui tournerait les feuilles sans soin en reniflant d'ennui, le coude sur la table et l'oreille dans sa paume renversée.

— Admettons, dis-je. Une question à présent : est-ce que n'importe qui, poussant cette porte, pourrait avoir des renseignements comptables le concernant ? Des renseignements comme ceux que vous m'avez fournis ?

Sourire énigmatique. Cette fois, il me la fait à la Sherlock Holmes, à celui qui en sait long.

— J'ai très peu de monde comme vous avez pu le constater.

— Ce qui signifie ?

Il toussote. Qu'est-ce qui le gêne soudain ?

— Ceux qui poussent cette porte doivent la pousser. C'est tout ce que je peux vous dire.

Il m'énerve. Alors là, il commence vraiment à m'énerver.

— Je suis entré chez vous parce que mon fournisseur habituel a mis la clef sous la porte. C'est l'unique raison.

Là, il me balance un regard que l'on réserve d'ordinaire aux malades mentaux.

— Libre à vous de le croire. Je ne peux pas vous en empêcher.

C'est facile d'avoir réponse à tout lorsqu'on sort des limites du rationnel.

— Et les bouteilles ? Est-ce que j'en ai gagné aussi ? Est-ce que j'ai droit à une promotion sur le pinard ?

Il vérifie. Il a pris l'air vexé. Ça l'embête que je ne plonge pas dans ses histoires.

— Je regrette, le nombre n'a pas changé : toujours vingt-sept.

Qu'il aille se faire foutre ! Je claque la porte, déclenchant derrière moi son carillon affolé. Dehors, la nuit va venir. Il fait presque froid. Il est vrai que nous avançons dans la saison.

Pourquoi serais-je récompensé ? Je me le demande bien. Tout cela me fatigue à tourner dans ma tête comme si je n'avais rien d'autre à faire.

A quoi est-ce que je pensais avant d'entrer dans cette bon Dieu d'épicerie pour la première fois ? Au passé et à la mort. Réjouissances assurées à tous les étages. Surtout que je n'ai pas de propension à me passer les souvenirs au joyeux Ripolin. Pas très adepte des couleurs chantantes. J'ai dû parler de coups manqués, d'étreintes désolantes... Pas du tout envie de me relire tellement j'ai dû patauger dans le noir océan des souvenirs bas de gamme. D'une catastrophe l'autre, d'un effondrement à une humiliation.

Etrange, cette envie de changer de registre, d'aborder l'autre versant, celui qui fut au fond ensoleillé. Pourquoi m'en suis-je fermé l'accès ? C'est peut-être aussi cela vieillir, s'occulter le temps des frimousses, des plages, des papillons d'été. Le temps cucul des balades en vélo quand on a le short trop court, le bibolard qui frétille et la vie devant, large comme la Chine, comme le monde.

C'était mon truc ça, la Chine, lorsque j'avais quatorze ans. J'avais dû lire Pearl Buck et Ann Suyin, vieille culture et grands espaces... Je pensais franchir des montagnes, en caravane, toujours vers l'est, des villageois courbés me souriaient de leurs dents pourries, et je pénétrais dans des cités interdites, dans des ruelles de plaisir, le matin des brumes cachaient la base des rochers et les collines naissaient des foulards de brouillard, des branches noires se découpaient sur fond de ciel gris, le soleil viendrait plus tard : il descendrait le long du vertige des parois et coulerait jusqu'au fond des torrents qu'enjambaient des ponts de bambou branlants. Et pourquoi tous ces dragons de pierre, des toits vernissés, ces nattes, ces robes de soie, ces fleurs de cerisier, ces rouleaux de printemps ? Eh bien parce que j'avais rencontré Antoinette pardi ! La voisine du dessus, une Eurasienne qui vendait des moulins à légumes sur les marchés de la banlieue sud-est. Superbe Antoinette ! Pourquoi dirais-je le contraire ? Elle avait bien l'œil droit qui partait un peu trop à gauche et le gauche un peu trop à droite pour compenser, mais ça n'empêchait pas les sentiments.

Je l'avais remarquée tout de suite, je devais lire *Terre chinoise* lorsque je l'ai croisée dans l'escalier, l'œil un peu bridé avec la touche asiatique. Une aubaine, j'avais le pittoresque à l'étage... Et mignonne avec ça, elle faisait mutine. Du coup, je la cherchais sur les marchés du dimanche, je tournais autour des moulins à légumes, même aujourd'hui je m'y connais encore mais à l'époque j'étais spécialiste : il n'aurait pas fallu tenter de me faire prendre un presse-purée en étamé pour un écrase-carottes en fer-blanc. Je ne m'approchais pas, je la regardais de loin, planqué derrière des étals de courgettes, je n'osais pas l'aborder, il y avait de la différence d'âge entre nous, dix ans en gros, je n'ai jamais su exactement. Ça faisait beaucoup dans ce temps-là, aujourd'hui ça ne ferait pas problème, mais dans ces décennies...

Je tentais de la croiser dans les escaliers, par hasard, comme ça : « Oh ! par exemple, vous encore ! Quelle surprise ! C'est la quatrième fois de la journée ! » Il ne fallait pas exagérer, qu'elle ne trouve pas ça louche, ce n'était pas facile. Chez moi, je restais l'œil vissé à la serrure, je guettais son pas, j'en faisais de la tachycardie. Je ne pensais qu'à elle. Le bac, je m'en foutais bien, c'était elle d'abord, elle partout, elle avant tout : on partirait tous les deux rejoindre son pays natal, on se retrouverait sur la Grande Muraille, enlacés, à cheval sur l'épine dorsale du monde, entre les omoplates de la terre. C'était le temps des grandes masturbations, je n'arrêtais pas beaucoup alors, c'était elle qui surgissait à chaque orgasme, j'allais finir le poignet dans le plâtre. Vive la Chine et les Chinoises ! Il n'y avait pas d'hommes autour d'elle. Vous pensez bien que je m'en serais aperçu !

Toujours aux aguets, je prenais l'affût tous les jours.

Quant aux moulins à légumes, ce n'était pas la joie, le tas ne diminuait pas beaucoup, ça pouvait s'expliquer facilement : il n'y avait pas de légumes !

Les râpes à fromage ne se vendaient pas pour des raisons équivalentes : pas un gruyère avant la frontière suisse, on était au lendemain de la guerre mais les restrictions s'éternisaient. Et puis, il faut dire qu'elle ne savait pas vendre, elle restait plantée là avec son sourire malheureux, elle ne faisait pas l'article. Je m'y serais bien mis, moi, à sa place, histoire de l'aider un peu, mais j'étais bloqué, et puis déjà qu'elle me croisait sans arrêt dans l'escalier, si en plus elle m'avait retrouvé sur le marché, elle aurait fini par se poser des questions.

C'était bizarre, cette trouille que j'avais qu'elle s'aperçoive que j'étais amoureux d'elle, peut-être que ça lui aurait fait plaisir de le savoir, qui sait ? Je me suis posé la question des années plus tard, trop tard bien sûr, comme si je ne voulais pas avouer ma faiblesse, comme si un béguin était une carence. Un vieux temps pudique, fait d'envies de derrière la tête, d'amours rentrées. On était corseté durant ces années-là, on devait voir trop de westerns où le héros disparaissait dans le lointain, oublieux de la blonde à l'iris plein de soleil qui agitait un mouchoir, appuyée à la barrière du corral... C'était cela les femmes, des créatures agiteuses de mouchoirs et nous, on se tirait vers l'aventure, le stetson vissé sur le crâne, surpassant les amours, négligeant les tendresses, on n'allait tout de même pas se mettre à tester les recettes de Tante Marie en colt 45, accrochés au fourneau avec des nourrissons autour des santiags.

Le résultat de tout cela était que je faisais mon négligent, mon pas intéressé du tout et qu'évidemment, je me suis fait gauler.

La honte.

C'était un dimanche, sur le marché.

J'étais derrière mes courgettes et, tout d'un coup, son regard a été sur moi, j'étais insuffisamment planqué. J'ai vu se succéder l'étonnement et le sourire. Je suis resté tétanisé. Pris sur le fait. Si j'avais été surpris tout nu sur la place Barouille, je n'aurais pas été plus emmerdé. J'ai éprouvé la nécessité absolue que ce soit un rêve. Il le fallait absolument, j'allais me réveiller et alors, là, le soulagement total, un immeuble de vingt étages en moins sur l'estomac, un demi-tour sur le matelas et on se rendort en souhaitant de ne plus avoir à vivre un truc pareil.

Je ne pouvais pas reculer, plonger derrière les cageots d'aubergines, c'était trop tard, il n'y avait plus qu'une solution, jouer les désintéressés, les types qui, par le plus grand des hasards, se retrouvent en face de leur voisine du dessus. Qu'est-ce que j'étais con alors ! Je me suis avancé, mains dans les poches, du pas d'un promeneur, et elle s'est inclinée vers moi, c'était gênant ça aussi ces courbettes, ces saluts en cascade, déjà que je ne savais pas où me mettre, ça n'arrangeait rien. Elle était gentille, Antoinette, elle ne m'a pas posé de questions, elle devait avoir compris que j'étais là pour elle, les femmes sentent ça, alors les Chinoises, vous pensez... C'est moi qui ai jeté un œil sur son étalage et j'ai fait semblant de chercher, elle ne disait toujours rien, tout sourires... Finalement j'ai pris un truc pour secouer la salade, j'avais tout juste assez d'argent sur moi. Ça l'a étonnée un peu que j'achète ça. J'ai dit que c'était pour Maman, pour la cuisine. Evidemment, je n'allais pas l'accrocher au-dessus de mon lit. Comme je voulais meubler la conversation, j'ai ajouté que c'était pour la fête des Mères. C'était dans six mois, la fête des Mères, mais j'ai pensé que les Chinois ne devaient pas être au courant.

Je suis parti en essayant de ressembler à John Wayne, mais sans cheval et avec cet égouttoir au bout du bras, c'était une entreprise désespérée. En rentrant j'ai suivi la rive et, près du pont Michon, j'ai balancé mon panier dans la flotte. J'ai cru qu'il ne coulerait jamais, c'est plein de trous un égouttoir, forcément. Arrivé chez moi, je n'avais qu'une envie : me fracasser la tête contre les murs. J'étais sûr qu'elle m'avait percé à jour. Elle savait. C'était horrible ! J'étais pour elle le jeune branleur du dessous qui avait sans doute des problèmes avec la puberté et qui tournait carrément obsédé sexuel.

C'était, ce qui n'arrangeait rien, la période où je me regardais dans les glaces le plus souvent possible, et ce que j'y voyais me navrait au plus haut point, de quelque façon que je m'y prenne. J'essayais de me surprendre, ou au contraire je m'étudiais longuement. Dans un cas comme dans l'autre, je constatais que j'avais la tête trop longue par rapport à mon corps, ce qui aurait pu être compensé par un nez plus large : malheureusement celui-ci, allons jusqu'à le dire, était, de façon infortunée, étroit, ce qui aurait pu être un plus s'il n'avait été aussi long... On ne va pas en faire des tartines, mais j'avais l'impression réelle d'être plus proche du tamanoir que de l'être humain. Ne nous égarons pas.

Quarante-huit heures se passent.

Sortant du lycée, sur le chemin du retour je rencontre ma mère, nous entrons ensemble dans la maison, et qui croisons-nous sur le palier du premier étage ?

Pas besoin de faire un dessin. Le vent des catastrophes se lève, je baisse la tête, murmure un salut en direction d'Antoinette qui, souriante, entame la conversation où il est évidemment question de secouer la salade et de fête des Mères. Mon sang gèle dans mes veines.

— Quelle salade ? demande ma mère, toujours aimable, à son asiatique voisine.

— Secouer salade pratique.

Oui, parce que j'avais oublié de préciser qu'elle parlait un épouvantable sabir, l'Antoinette de l'empire du Milieu, ça n'allait pas arranger les explications.

— Bon cadeau fête de Mères, gentil fils.

Elles me regardaient toutes deux. Gentil fils se dandine, se mouche, met les mains dans ses poches, les ressort, se gratte, a envie de pisser et surtout de cingler vers des îles lointaines d'où il ne reviendra jamais.

— Je ne comprends pas, dit ma mère, tu as acheté un panier à salade ?

— Voui.

J'allais pas dire non devant la vendeuse, de toute façon le sol allait s'entrouvrir, le ciel s'écrouler, on allait bien voir si Dieu existait.

— Mais j'en ai déjà un !

Comme si c'était une raison ! On n'a jamais assez de paniers à salade, c'est une question de prudence, et ça tombe en panne très facilement, rien de plus fragile que ces engins-là, il faudrait en avoir toujours un de rechange.

Antoinette a compris que quelque chose n'allait pas, qu'elle avait dû dire quelque chose qu'elle n'aurait pas dû, elle s'est éclipsée en enchaînant ses salutations. Nous sommes rentrés. La porte fermée, Maman m'a demandé :

— Alors où il est, ce panier à salade ?
— Je l'ai gardé pour la fête des Mères.
— Très bien.

Et voilà. Du coup, j'ai dû en racheter un six mois plus tard chez le quincaillier de la rue Sylvestre, celui qui a tant de poils aux oreilles qu'il me terrorisait enfant.

Quinze jours après, c'est moi qui agitais le mouchoir comme la blonde des séquences finales, et c'était elle qui taillait la route. C'est une image évidemment, pas de mouchoir pour moi, je l'ai vue prendre la direction de la gare, elle portait deux valises. J'avais cru qu'elle rejoignait Pékin, le président Mao et la révolution prolétarienne, pas du tout, elle s'installait à Romorantin pour aider un de ses oncles à tenir un restaurant. J'ai espéré qu'elle était parvenue à lui fourguer tout son matériel de cuisine... Enfin, c'est depuis ce temps-là que Romorantin a toujours été pour moi une ville lointaine peuplée de coolies, de lanternes en papier et de pagodes dorées. Je m'étais promis d'y aller un jour, ça ne devait pas être très difficile de la retrouver, les restaurants chinois ne devaient pas pulluler. Je n'ai pas revu Antoinette, la reine de l'ustensile culinaire. Sommes-nous donc si versatiles ? Je ne me souviens même plus du temps que j'ai dû mettre à l'oublier, trois jours ? six mois ? Je ne sais plus, mais j'y ai toujours pensé, de loin en loin, rarement, mais tout de même... Elle n'était évidemment pas chinoise, vietnamienne sans doute, mais longtemps, pour nous dans cette province, tout ce qui était jaune était chinois. Peut-être n'ai-je jamais aimé quelqu'un aussi fort. Enfin si, quand même, heureusement, mais disons qu'au point de vue platonique, je n'ai jamais fait mieux. C'est mon record, Antoinette, chacun son palmarès.

Je suis bien ici. Avec la nuit, il me semble que la maison se referme autour de moi en une étreinte douce. Chaque bras de fauteuil s'est patiné, les meubles brillent à l'étouffée, il règne une odeur de cire familière. Il est dommage que j'aie mis autant de temps pour goûter cette chaleur des lieux. Et puis, il y a le silence, mes pantoufles, qui chantera un jour les vertus de la pantoufle ? Il existe un moment où la charentaise devient une amie, une compagne des soirées tranquilles. Il vient une lueur à travers les volets, elle est diffusée par un maigre réverbère. Je l'ai toujours connu. Nous avons vieilli ensemble.

Depuis mon malaise avec Benjoin, je goûte davantage ce genre de moment. J'écoute les battements de mon cœur, l'atmosphère est devenue plus ouatée, tout est plus précieux, je sens qu'il me faut profiter des minutes, de cette sérénité.

Je regrette de ne pas accompagner ces instants d'une musique adéquate, j'ai eu beau me battre les flancs, je n'ai pas marché, ni à Mozart ni à Schumann, ni à Schubert, ni à Beethoven, j'ai dû siffloter quelques notes de leurs œuvres lorsqu'elles étaient employées dans des spots pour des yaourts aux fraises ou des assurances auto, mais c'est tout. Je ne joue même pas de l'harmonica, j'en ai eu un quand j'étais scout, je n'ai jamais soufflé dedans. Musicalement ignare. Il n'y a que l'opéra parfois que j'entends, une voix qui monte, brisée, mourante, éclatante... Triomphe et lamentation, c'est la fusion des extrêmes.

Je vais dormir, il est tard. De l'endroit où je me trouve, je ne vois pas les aiguilles de la pendule. Je perçois le tic-tac. Je parie pour minuit, peut-être plus. Quelle importance !

Téléphone.

La sonnerie est différente. Le jour, elle est plus claire, moins comminatoire.

Pourquoi ai-je cette tentation de ne pas décrocher ?

On ne m'a jamais appelé si tard. D'ailleurs personne ne m'appelle. A part Benjoin, mais pourquoi le ferait-elle à minuit ? Un mauvais plaisant ?

Il faut que je réponde, l'appel pourrait durer toute la nuit. Je le sens : celui ou celle qui attend au bout du fil est pourvu d'une patience infinie.

Je me lève. J'oscille sur le tapis. Depuis quelques années, cela m'arrive. Jaron m'a rassuré : « C'est une question d'équilibre. » Avec ça, je suis réconforté. Si je chopais un infarctus, il me dirait que c'est un problème cardiaque et qu'il n'y a pas à en faire un fromage.

La main sur le combiné, j'hésite encore mais le son vibre trop dans mes oreilles pour que je puisse le supporter davantage.

— Allô !

— Je vous réveille ?

Je connais cette voix. Je l'ai entendue il y a peu de temps. Ou très longtemps.

— J'allais me coucher.

— Donc vous ne l'êtes pas.

J'ai identifié mon interlocuteur, plus par la jovialité contenue que par la tonalité de sa voix. C'est l'épicier de la rue du Repentir.

Qu'est-ce qu'il me veut en pleine nuit ?

— Vous m'avez roulé en me rendant la monnaie ?

Il a eu un rire bref.

— Je vois que vous m'avez reconnu. Non, je ne vous ai pas roulé. Je ne vous aurais pas dérangé pour un motif aussi futile. J'aurais tout au moins attendu de vous revoir au magasin.

— Je pouvais ne pas revenir.

Autre rire, semblable au premier, comme s'il n'en avait qu'un à sa disposition.

— Vous seriez revenu.

S'il existe une chose qui m'exaspère, c'est la certitude qu'un autre peut avoir concernant mes faits et gestes. Il n'y a pas très longtemps, un vendeur de chaussettes m'a fait le coup. Chez Chaunier. Magasin de notables : « Chaunier Père et Fils ». Dans la chaussette jusqu'au cou. Depuis toujours, tous les pieds qui comptent portent des chaussettes de chez Chaunier. Ma mère m'y acheta une paire de socquettes en fil d'Ecosse qui me fit bien de l'usage. Elle le disait souvent, pratiquement chaque fois qu'elle me voyait avec : « Chez Chaunier, c'est cher, mais on en a pour son argent. » Je les revois encore, j'ai fait avec elles ma communion solennelle, j'ai dû enchaîner presque jusqu'au bac. Indestructibles. Je les ai peut-être encore dans un tiroir. Il faudra que je vérifie. La socquette Chaunier vous fait un bel été.

Donc je rentre chez Chaunier, et d'habitude c'est le fils qui sert. Quand je dis le fils, qu'on ne se méprenne pas, il a la soixantaine, il me sort en général de ses tiroirs des pure laine tricotées main, et nous échangeons quelques jugements sévères sur les temps que nous vivons, lesquels, si nous ne réagissons pas rapidement, deviendront des temps sans chaussettes, c'est-à-dire sans fondements de civilisation. Mais ce jour-là, c'était un jeune type qui, comble de l'audace, tente de me fourguer non pas une mais deux paires. Ce petit con aurait dû savoir que je n'achète mes chaussettes que paire par paire. Je pourrais évidemment en acheter douze d'un coup, et bonsoir la compagnie, mais ce n'est pas mon truc. Une paire à la fois. J'ai toujours procédé comme ça, sans raison mais j'y tiens. Trouvez une explication et je l'écouterai avec attention. Il doit y avoir le fait que je n'aime pas entasser car, contrairement à ce qu'un examen rapide pourrait faire croire, la chaussette est encombrante. Dix paires d'entre elles vous remplissent le tiroir en deux temps trois mouvements. J'ai largement la place d'en fourrer dans la commode, mais je n'aime pas que ça fasse bondé. Je préfère, et de loin, jouer la carte du remplacement : à paire foutue, achat d'une nouvelle paire. L'une prend la place de l'autre et j'évite ainsi toute forme de chambardement.

De plus, l'achat d'une paire de chaussettes me prend pratiquement la journée. La chose est programmée. Je sais, dès le matin, que je dois me rendre chez Chaunier, donc je m'habille en fonction de cette descente en ville. Et Chaunier, de chez moi, c'est l'expédition. L'autobus est obligatoire, ou alors je prends la rampe Dussot, mais cela m'oblige à un détour par une série de rues que je n'aime pas. Je les trouve cafardeuses et, osons le mot, carrément laides. J'ai donc ce jour-là pris l'autobus, ce que je fais rarement car, humiliation ultime, on me cède automatiquement une place assise. Bien normal. Vu mon âge avancé, je risque de m'affaler comme une serpillière vivante. Un jour, c'est une femme enceinte qui voulait se lever, elle avait le menton au ras du nombril cette conne, la limite juste avant l'explosion, elle voulait à tout prix que je me pose les fesses sur son strapontin, je craignais qu'elle perde les eaux si elle se levait, on a failli se battre : bref, je déteste l'autobus.

Alors là, je m'égare mais tant pis, donc je me rends chez Chaunier, la chaussette d'hiver et d'été. Je donne ma pointure que je connais évidemment par cœur, le contraire serait vraiment navrant, depuis le temps que je porte des chaussettes, et ne voilà-t-il pas que ce jeune homme bien sous tous rapports commence par émettre un doute. Il évalue d'un coup d'œil ma taille, l'envergure de mes chaussures, ce qui l'oblige à se pencher au-dessus du comptoir, et il prend un air suspicieux.

— Vous êtes sûr ?

Là j'ai compris qu'on n'allait pas être copains. Et c'est alors qu'il pose deux paires sur le comptoir et qu'il commence à insister pour me les fourguer. Il n'y a pas trop à redire, c'est son métier, il doit être payé au pourcentage des ventes et s'il veut reprendre du dessert, il a intérêt à me refiler deux paires au lieu d'une.

Je refuse évidemment et c'est là qu'en rangeant la paire délaissée, il me regarde et assène avec une certitude confondante :

— Vous allez revenir.

Alors là je sens que ça monte. Je ne suis pas coléreux mais il y a des limites. Cette affirmation est la négation de mon choix, donc de ma liberté.

En plus, elles étaient sympathiques ces chaussettes, enfin autant que des chaussettes peuvent être sympathiques, je veux dire par là que je ne les inviterais pas à prendre le thé, mais j'étais persuadé d'entretenir avec elles d'excellents rapports : belle couleur, contact moelleux, belle prise du talon, légèrement montantes de la tige. Il ne m'aurait pas dit ça, je serais revenu, mais pas question, parce que si je retombais sur lui, je sais déjà ce qui arriverait : il me regarderait, une lueur de triomphe s'allumerait dans ses yeux, et, avec cette outrecuidance des types qui ne se trompent jamais, il me dirait :

— Vous voyez, je vous l'avais dit !

Impossible à supporter, ne pas donner raison aux imbéciles est une tâche astreignante et de tous les instants.

Donc voilà. Je ne sais plus du tout où j'en suis et je me demande ce que ces histoires de chaussettes viennent foutre là alors que, pour la première fois depuis que j'ai fait installer le téléphone, je reçois un coup de fil à une heure pareille... Ah oui, c'est parce que l'épicier m'affirme que je serais de toute façon revenu !

— Là n'est pas la question, dis-je, j'aimerais simplement savoir ce qui me vaut l'honneur de converser avec vous à une heure où, d'ordinaire, je ne m'entretiens même plus avec moi-même.

— Une information que je voulais vous transmettre puisque j'ai cru comprendre que vous vous intéressiez à votre nombre de bouteilles restantes.

Là il m'a scié. C'est vrai que je lui avais posé la question juste avant de partir. Il y a eu un temps de silence assez long, et c'est lui qui a repris.

— Une bonne nouvelle pour vous, vous en avez gagné deux de plus, nous en sommes à vingt-neuf.

Ce type se fout vraiment de moi.

— Et pourquoi deux de plus ?

Je pouvais prévoir beaucoup de choses, mais pas ce qui allait suivre.

— Elles vous ont été offertes par Antoinette Liv-Peï qui tenait à vous remercier.

Je me suis assis. J'avais besoin de regarder autour de moi le spectacle familier de mon salon. Liv-Peï, c'était ça. Il y avait son nom sur la boîte aux lettres dans le hall, je l'avais oublié. Mais comment cet épicier pouvait-il la connaître ? Comment avait-elle pu entrer en relation avec lui et lui parler de moi ? Qu'est-ce que c'était que cette histoire ? C'était à devenir fou. Jusqu'à présent je pouvais croire à une plaisanterie, une conjuration, mais ça devenait différent. Aucun rapport n'existait entre cette fille que j'avais aimée autrefois et ce marchand de patates... Plus de soixante ans que je ne l'avais pas revue. Vous avez bien lu ce chiffre ? Soixante. Une paille !

Et puis pourquoi surgissait-elle subitement, Antoinette ? Juste le lendemain du jour où j'avais pensé à elle ? En fait, j'y pensais de temps en temps, au fil des rêveries, mais jamais autant qu'hier, j'étais même arrivé à l'évoquer, à revoir son visage.

Son âge !

Mais quel âge elle aurait aujourd'hui ? Si j'ajoute quinze ans au mien, j'arrive pratiquement à cent. Centenaire, la jolie congaï !

Je ne sais pas pourquoi j'ai décidé de jouer le rôle de celui qui trouve normal ce qui lui arrive. C'était la meilleure façon de surprendre l'homme du Repentir. Attacher peu d'importance à tout ce qu'il m'apprenait, ne pas laisser passer un ton d'ahuri dans ma voix.

— Et pourquoi Mlle Liv-Peï m'offre-t-elle ces bouteilles ?

— Elle a été sensible au fait que vous vous souveniez d'elle avec une tendresse réelle. J'avoue que moi-même je ne vous croyais pas capable de tant de sentiment.

Vas-y, remets-en une couche, continue à te foutre de moi. Mais comment a-t-il su pour Antoinette ? Et c'est là que j'ai posé la question déclenchant la réponse qui chamboulerait ma vie.

— J'aimerais remercier personnellement Mlle Liv-Peï de son cadeau.

On allait bien voir comment il allait s'en tirer.

— Je crains que ce ne soit impossible...

— Pourquoi ?

Il a émis un soupir, celui que l'on réserve à un enfant qui vient de commettre une bévue.

— Parce que Antoinette Liv-Peï est morte il y a quarante-trois ans à Lao Kay, sur les bords du fleuve Rouge au Viêtnam, à quelques kilomètres de la frontière chinoise.

La Chine !... Elle l'avait frôlée finalement.

9

> « Il tenait le calibre 45 comme une petite fille scoute tient sa boîte de gâteaux secs. »
>
> Richard BRAUTIGAN

Tout fonctionne suivant une logique parfaite.

Je vais essayer de résumer ce que l'épicier m'a raconté. Ça paraît cohérent. J'espère l'être également, mais cela va m'être difficile car ça tourne dans mes hémisphères. Un vrai manège.

Donc le nombre de choses à utiliser, les Dumbs par exemple, n'est pas fixé par un diktat, je ne rentre pas dans les détails, mais il est le produit de l'exercice de notre mémoire.

En gros, tout a trait aux morts. Si nous les oublions, le nombre des choses, les Dumbs par exemple, diminue : si le souvenir que nous en avons est marqué par la haine, le mépris ou tout autre sentiment négatif, c'est la chute libre. Si une évocation volontaire ou non est positive, c'est-à-dire empreinte de regret et d'amour, ça remonte en flèche.

Incroyable.

J'ai toujours attaché une importance certaine aux nombres, pas agrégé de maths pour rien. Mais c'est vrai que ça doit porter un nom en psychanalyse. Cette histoire de chiffre fatidique m'a toujours fasciné : plus que 4 slips, plus que 35 boîtes de cassoulet, plus que 2 maîtresses, etc.

Cela doit être lié chez moi à un sentiment d'économie profondément accentué et pas si éloigné que ça de l'avarice.

D'où cela me vient-il ? Une enfance un peu difficile, un peu comptable : ma mère, en ces lieux mêmes, faisait des enveloppes, tant pour l'habillement, la nourriture, les impôts, le gaz et l'électricité. Il y avait un budget vacances facile à reconnaître : l'enveloppe en fut toujours vide.

Je faisais attention à mes affaires, elles devaient durer. Le pli était pris : s'il me fallait acheter un nouveau pull-over, c'était une grande affaire. J'ai gardé la même trousse d'écolier jusqu'en première.

Sur les photos, j'ai le même pantalon allongeable à merci, grâce à la technique des ourlets. Maman le défaisait avec un soupir, c'était le signe que je grandissais, la doublure des poches se trouait, elle cousait des pièces. Elle voulait m'en acheter un autre, je résistais, il n'y avait pas de raison, j'ai aimé porter jusqu'à l'usure absolue, jusqu'à la déchirure, jusqu'au craquement rédhibitoire. Je n'ai changé de falzar que contraint et forcé : le cul à l'air.

Je retenais ainsi quelque chose, j'aurais aimé faire ma vie avec un costume, une paire de chaussures. Ainsi je ne tapais pas dans la réserve. Ainsi je n'épuisais pas le stock qui m'avait été octroyé. Ainsi j'étais, par ma radinerie, un conquérant d'immortalité.

Ça, c'est pour l'enfance, et même un peu au-delà.

Ensuite, j'ai oublié ce qui a dû être un aspect maladif de ma personnalité en gestation. Si je ne suis jamais devenu dépensier, la vie s'est déroulée sans que l'on puisse, j'espère, discerner en moi un aspect grigou. Peut-être uniquement par peur du ridicule, l'avare est si vulnérable, un geste, ou plutôt une absence de geste, et le voici percé à jour.

Il n'en reste pas moins que je n'ai jamais aimé changer de réfrigérateur, de télévision, j'use jusqu'au dernier glaçon, jusqu'à l'ultime image. Je ne cède que lorsqu'il n'y a plus d'espoir. Une année, le poste était tellement détraqué que le vainqueur du Tour de France, ce devait être Hinault cette année-là, portait un maillot bleu. En allant de droite à gauche ou inversement, les couleurs changeaient, les coureurs partaient en rouge et arrivaient en vert, visages compris. Le journal était présenté par un Martien, une crise de foie monstrueuse pervertissait les présentateurs, les invités, les présidents, tous... Je l'ai gardé longtemps, je ne me résolvais pas à le remplacer, je n'ai cédé que lorsque les humains se sont mis à se gondoler comme des spaghettis, pas que les humains, leur décor également : les arbres, les maisons tournaient en crème caramel, une télé gélatine généralisée... J'en ai acheté un autre. Ça a été une véritable séparation de corps : cette télé était énorme, avec quelque chose de médiéval dans l'encadrement, j'avais toujours l'impression en l'allumant qu'elle ne pouvait diffuser que des fabliaux du XIIe siècle, à la rigueur « Thierry la Fronde ». Ma mère a suivi les feuilletons jusqu'à sa mort. Elle a disparu avec « Belphégor ». Elle se passionnait surtout pour l'un d'entre eux dont j'ai oublié le titre : une histoire de chirurgien qui loupait son coup en opérant une gamine, le père revenait en furie, c'était un type haut placé avec des brushings monstrueux et des téléphones partout autour de lui, c'était avant le portable évidemment. Furieux parce que, non seulement le chirurgien avait massacré sa fille mais en plus il baisait sa femme... je regardais de temps en temps, les amants s'embrassaient partout, ils se retrouvaient dans une décapotable au bord de l'Océan et ils se roulaient des pelles tandis que l'autre téléphonait à tour de bras et que la gamine faisait de la rééducation. Elle s'appelait Jennifer. Je me demande bien pourquoi je me souviens du prénom de cette gosse qu'on ne voyait pratiquement jamais, alors que j'ai oublié celui de sa mère qui avait des robes moulantes et des cils qui remontaient jusqu'au milieu du front. Gloria peut-être. Pas sûr, mais il me semble quand même que c'était Gloria. Le tout en noir et blanc.

Soirée alcoolisée.

Cela m'arrive lorsque j'ai eu trop d'émotions dans la journée ou lorsque je n'en ai pas eu assez. Je dors bien dans ces cas-là, je refile le tuyau : si vous avez des problèmes d'insomnie, il vaut mieux taper dans le vieux bordeaux que dans le tilleul-menthe. Ce con de Jaron m'avait conseillé la verveine. Erreur grossière : j'ai redressé la barre très vite en la remplaçant par un saumur-champigny d'une belle année.

Où en étais-je ?

Nulle part. Je pense que je n'ai pas précisé suffisamment que ce qui m'arrive à moi n'arrive pas à d'autres.

L'épicier l'a dit : « Chacun est averti d'une façon différente. » Ce sont ses paroles mêmes. Un signe est donné à un moment de toute vie et les règles sont changeantes, personnalisées en quelque sorte. Plein de questions se posent. J'y viendrai, j'y viendrai, mais pas ce soir. Une lente chaloupe m'emporte, tournez, tournez belles années, jolies dames, matins clairets, soleils de plein été, pluie d'automne sur les vignes lointaines, mes chiffres sont en baisse. Même s'ils remontent parfois, le voyage s'achève. J'ai cru qu'il ne finirait jamais et que la mort était pour les autres. C'est ce genre d'illusion qui vous permet de vivre, de profiter sans retenue des sourires et des chansons.

« Coucouche panier », disait Maman qui n'a jamais eu de chien.

Moi non plus. J'y ai pensé mais ce fut comme l'essentiel des choses auxquelles j'ai pensé, c'est resté à l'état de pensée. Je vais donc faire « coucouche panier », remplaçant ainsi le chien que j'aurais pu avoir.

Si j'y arrive, je me lève, sinon je dormirai ici dans ce fauteuil, tête calée. Je n'aurai pas froid, j'ai le silence comme édredon. A qui, à quoi vais-je rêver ? A d'autres femmes désirées, à d'autres amours, je vais peut-être encore gagner des bouteilles, à Léna par exemple, c'est très lointain Léna, c'était... Non, plus tard, pas ce soir, je m'abîmerais la souvenance. Etrange tout de même que mes instants de vie forts soient liés aux amours. Dans le graphique de nos existences, elles sont les moments hauts, les moments bas, les exaltations, les désespoirs, ce sont nos infarctus, nos accélérations, les virages à 2 000 à l'heure. Les femmes furent ma grande affaire, je n'ai pas eu d'autres sommets, d'autres abîmes... La réussite aux examens, la mort de Maman, tout cela a laissé son empreinte mais, il faut bien l'avouer, moins qu'une conquête, qu'un bout de route avec une nénette, quelques heures à une terrasse lorsque l'on se dit qu'on est deux, enfin, puisque le soleil illumine nos deux demis panachés et prend le boulevard en enfilade. Ça durera toute la vie puisque le vent est tombé et que l'amour rutile sur le carreau de la toile cirée, cela ne cessera jamais, c'est parti jusqu'au bout cette fois, c'est sûr, du solide, du certain, du béton, elle et pas une autre, on la gardera toujours celle-là, comme la fiancée de Thierry la Fronde, comme Mélisande, comme Madame Butterfly. Les larmes me viennent, tiens...

Il faut dire qu'elles coulent de plus en plus facilement, une catastrophe, pour un rien c'est le Niagara, le Zambèze. Pour un rien, des conneries : je regarde un téléfilm, un truc d'une stupidité noire, ni fait ni à faire, avec des bouseux, une histoire d'héritage ou de flics bornés qui tentent de ressembler à Humphrey Bogart, ou une femme adjoint au maire qui se fait tringler par le secrétaire du sous-préfet, un scénario nauséabond tellement il est ressassé, et tout d'un coup, il y a Emile qui repêche son fils qui se noyait en taquinant l'ablette et, je ne sais pas pourquoi, alors que je m'en contrefous, que cette histoire me navre, qu'Emile joue comme un fer à repasser, que je m'emmerde follement, eh bien, c'est plus fort que moi : les larmes.

Le pire, ça a été pour un film de base-ball, et Dieu sait si je n'ai jamais rien compris au base-ball et si je m'en tape, mais le vieil entraîneur alcoolique avec son équipe de bras cassés arrive en finale, avec son team de cauchemar : un débile mental, un obèse, un mongolien, tout ce que l'on peut rêver comme catastrophe génétique est là, en échantillon... eh bien, vous ne me croirez peut-être pas, mais ce sont eux qui gagnent, ce qui était prévisible depuis le prégénérique, et je n'ai pas vu la fin tellement je sanglotais, j'ai failli me noyer, j'ai fini à l'éponge, à la serpillière, j'écopais le salon.

Ça m'a pris d'un coup quand le nain saute et attrape la balle, le stade se lève comme un seul homme, ça m'a renversé. Je me foutrais des gifles dans ces moments-là.

Je dois tenir cela de ma mère, elle aussi c'était une lacrymale. On avait été au Louxor voir Gaby Morlay dans *Le Voile bleu*, elle sanglotait tellement qu'elle couvrait la bande sonore. En plein milieu d'une journée, tout d'un coup ça la prenait, je n'avais même pas à lui demander ce qu'elle avait, je le savais parfaitement, elle pensait à Gaby Morlay. La reine du Kleenex, Gaby Morlay, enfin pas du Kleenex, ça n'existait pas à l'époque, du mouchoir. Elle en avait toujours un, mouillé évidemment, au creux de la main au cas où. On allait voir tous les films de Gaby Morlay, on en aurait loupé un pour rien au monde, ce n'est pourtant pas les occasions de pleurer qui manquent si on cherche bien, mais avec Gaby Morlay c'était du torrentiel assuré.

A la fin de sa vie, Maman chantait de préférence dans les autobus. Elle m'a fait le coup plusieurs fois quand je l'accompagnais pour sa hanche à la clinique. Elle s'asseyait, tranquille, souriante, une vieille dame en chapeau à cerises et bas à varices, elle regardait par la vitre les rues défiler, et tout à coup ça partait : « Oui, on m'appelle Mimi... » Elle n'avait pas la voix pour ça en plus, en fait elle n'avait pas de voix du tout, c'était son grand désespoir, alors elle compensait en flûtant, c'était horrible, les gens se rétractaient autour d'elle, c'était la dérobade comme si elle avait sorti un fusil-mitrailleur. Au début, j'essayais d'intervenir : « Allons Maman, ce n'est pas le moment », et puis un jour, un type a applaudi, elle s'est inclinée comme sur la scène au baisser de rideau.

Toute simple est ma vie
Dès le matin, je fais des travaux d'aiguille.

Elle a eu de la chance au fond, elle a fait coïncider son Alzheimer avec l'opéra italien, ce n'est pas donné à tout le monde. Alors je l'ai laissée chanter, ça ne faisait de mal à personne, les voyageurs étaient un peu surpris, voilà tout. Peut-être même leur a-t-elle manqué quand elle est entrée à l'hôpital... Elle est, immense banalité, la femme qui a le plus marqué ma vie, et elle reste sans conteste celle que j'ai le moins connue. Je veux dire par là que l'ayant eue comme mère, je ne me suis jamais demandé quelle avait été sa vie en dehors de moi. Les jeunes ont de plus en plus de curiosité au sujet de leurs parents. Moi jamais. Aujourd'hui encore j'ignore tout d'elle, elle reste celle qui est rivée à sa fonction, elle est à genoux devant moi et m'apprend à nouer mes lacets, à faire des ganses, elle m'attend à la sortie de l'école, elle coud avec un œuf de bois et un dé d'acier. Je sais qu'elle a été vendeuse autrefois dans la chemiserie de la rue Ariane. Il ne reste aucune photo d'elle d'avant ma naissance, elle a tout brûlé, va savoir pourquoi. Quant à mon père, mystère et boule de gomme. Je suis stupéfié aujourd'hui de la frénésie de recherches des gens pour pister le paternel, la frangine disparue, la mère enfuie, ils y passent des années, ils s'acharnent, ils n'en peuvent plus, ils sanglotent sur l'écran à faire péter les fils, moi je m'en fous encore aujourd'hui. Un jour j'ai demandé quand même, je devais avoir dix ans, qui c'était mon père, et s'il était vivant. Je me souviens bien du moment, c'était dans la rue, en sortant du Louxor. On avait peut-être vu un film avec Gaby Morlay. En tout cas, je pose ma double question et elle s'est arrêtée pile sur le trottoir. Elle a dit :

— On n'est pas bien tous les deux ?
— Si.
— Alors, qu'est-ce que tu veux te compliquer la vie ?

J'ai dû balbutier que j'avais juste dit ça comme ça, que fondamentalement je m'en tamponnais, ce qui du reste était vrai. On a continué à marcher en silence et, juste en rentrant à la maison, comme elle sortait les clefs de son sac, elle a quand même apporté deux réponses succinctes, sur lesquelles je n'aurais jamais d'autres informations.

A la première question, qui était-il ? Elle fut brève : un con.

Je me souviens d'autant plus du terme employé qu'elle était rarement grossière. A la seconde, ce fut : « Je n'en sais rien. »

Affaire classée.

J'eus dès cet instant un regain d'admiration pour elle, une femme capable de vivre seule avec un mouflet dans une ville bourrée jusqu'aux caniveaux de commères, de calotins et d'ex-notables, devait être gonflée. Elle le fut. Elle me tenait par la main et déboulait joyeusement chez les commerçants, sur la promenade. On se marrait bien tous les deux, oui, on se marrait... Tiens, ça y est, voilà que je m'embue, on se tapait des pokers infernaux sur la table de la cuisine après le dîner. Elle bluffait comme Steve McQueen, elle me reprenait tout mon argent de poche, j'étais essoré chaque fois. Elle devait tricher, j'en suis à peu près sûr aujourd'hui. Elle me faisait des hontes, aussi.

Une fois, à une réunion de parents d'élèves, je devais être en cinquième, la prof de français se répandait en lamentations, ce n'était pas une classe qu'elle avait, c'était un ramassis de flemmards, tous nuls au-delà de l'admissible, sans soin, dissipés, veules, avachis, copieurs, aux frontières de la débilité, de l'analphabétisme, de la dysorthographie, de l'autisme, des monstres ricaneurs à l'avenir bouché... Elle continue comme ça pendant une demi-heure et elle conclut : « Je n'ai jamais vu ça en vingt ans de carrière, cette classe est un cas unique. »

Et c'est à ce moment-là que Maman intervient, du fond de la salle, mon estomac remonte : je dois être vert.

— C'est pas unique du tout, quand j'étais écolière, j'entendais la même chose tous les ans.

La prof, Mme Padeport, a eu un haut-le-corps, j'ai pensé que si je l'avais encore l'année suivante, je pouvais me gratter pour atteindre la moyenne en rédac, et ma mère qui continuait, pas gênée.

— Moi je trouve que le mien n'est pas si mauvais que ça !

Le mien : c'était moi.

La mère Padeport farfouillait dans ses papiers, cherchant les notes.

— Ses résultats ne sont guère brillants.

— Guère brillants, ça ne veut pas dire nuls.

Et c'était parti, fallait pas lui raconter d'histoires à ma mère quand il s'agissait « du sien » : du coup les autres parents relevaient le front, il y avait des mouvements dans la salle, c'est vrai quoi, ils étaient pas si lamentables leurs lardons, ils retrouvaient de l'audace, de la fierté dans la défense de leur progéniture, Padeport commençait à paniquer, elle se demandait si elle ne passait pas à côté d'une classe d'Einsteins, si c'était pas elle qui déconnait. On rentrait triomphants, moi plutôt inquiet, elle faraude, elle sifflotait « les p'tits pois » du coup, elle avait défendu son fils et pas qu'un peu.

Cela me fait penser, puisque nous parlons d'enfance, que ce fumier de Brimoire avait inventé, je suppose à mon usage et à celui de quelques créatures de mon acabit, la note négative. Réparant ainsi une injustice majeure, l'élève ayant 10 fautes se trouvait avoir la même note, zéro, que celui qui en avait 25 au compteur : il y avait là en effet de quoi se révolter... Je fus donc longtemps abonné au négatif, ce qui me permet d'évoquer un souvenir joyeux et, il me semble, assez rare. Je me souviens, ayant réalisé quelques progrès, avoir un beau jour escaladé vivement les escaliers quatre à quatre, et avoir lancé, avec l'enthousiasme de l'enfant s'attendant à des félicitations : « Maman ! j'ai eu zéro ! »

Je revois encore l'œil attendri de ma mère qui me congratula modérément mais qui ne douta pas, à partir de cet instant, que je me trouvais sur la bonne voie.

Ce genre d'expérience vous introduit, très jeune, dans la compréhension de la relativité.

Il est tard et les bouteilles sont vides. Curieusement, après l'épisode des souvenirs, vient une période que je qualifierai de grande lucidité.

J'ai repensé aux derniers événements, au coup de fil concernant Antoinette, et j'ai trouvé quelque chose. Comment l'épicier a-t-il pu savoir que je l'avais connue ?

Il n'y a qu'une possibilité : Benjoin.

Je n'ai plus que des souvenirs confus mais je suis à peu près certain que je lui ai parlé, un soir de beuverie, de ma fausse Chinoise. Benjoin est une futée, elle a compris que cette fille avait compté pour moi, j'ai dû, dans mes confidences d'ivrogne, préciser que j'y pensais souvent.

Voilà la théorie du complot relancée.

Vous pouvez rétorquer : mais comment sait-il le nom exact de ma jaune dulcinée alors que je l'avais oublié, comment a-t-il su où et quand elle était morte ? Réponse : tout cela est de l'invention pure et simple destinée à me persuader de la vérité des faits. Il est possible qu'Antoinette continue, centenaire, à servir du canard laqué à Romorantin.

Benjoin est à l'origine de tout.

Utilisant le peu de renseignements que j'ai laissé filtrer au cours de nos rencontres, il faut bien le dire, souvent arrosées, elle communique le tout à son complice qui me ressert le plat. Dans quel but ? Ça reste à découvrir.

Et c'est à cet instant que j'ai eu l'idée.

Je m'en suis pratiquement soulevé du divan. Comment n'y avais-je pas pensé plus tôt ?...

Je vais monter un piège.

Alors là, pas d'atermoiement, on allait savoir.

La Benjoin avec ses gros sabots et sa poitrine mouvante allait tomber dedans comme un vieux tigre dans la jungle birmane. On allait rire.

D'abord, qu'elle n'ait aucun soupçon. Le mieux est que ce soit elle qui m'invite, attendre donc, tapi au coin du bois. Accepter de venir, apporter quelques vins précieux, mimer la nostalgie imbibée et inventer une aventure qui me serait arrivée au temps de ma jeunesse folle. Si l'épicier me la ressert, je n'aurai plus de doute à avoir.

Les pantoufles du samouraï

J'aurais dû être chasseur. Ou espion. Ou les deux. Je me sens tout ragaillardi, tout faraud : je viens de reprendre l'avantage, je vais pouvoir de nouveau m'endormir sous le grand soleil de la raison. A moi Voltaire, Descartes, Diderot, me revoici nageant, délivré, dans le siècle des Lumières : sortons des ténèbres tissées par des croyances imbéciles. Quatorze paquets, vingt-sept bouteilles, et puis quoi encore ? Vous n'imaginiez tout de même pas que j'allais mordre dans vos élucubrations, vous allez voir de quoi est capable un fils de Kant et de Leibniz. J'ai quand même écrit une thèse sur le surgissement des nombres premiers, relatif à la notion de hasard en tant que réalité logique fondée sur des fondamentaux indémontrables. Peu de lecteurs, mais tout de même, il ne faut pas compter sur moi pour verser au moindre incident dans le supranormal... D'autant que là, la dose est épaisse. Nos comploteurs n'y sont pas allés de main morte. Ça me rappelle une phrase que j'avais lue dans un bouquin où il était question d'arnaque. Un des héros, spécialiste en ce royaume, l'affirmait : plus c'est gros, mieux ça marche.

Ils ont dû se dire ça. C'est bien compréhensible, on verse la victime toute vive en pleine marmite d'incroyable. Qu'est-ce qu'elle se dit alors ? « Si on avait voulu me monter un bateau, on ne m'aurait pas plongé dans une telle folie, on s'y serait pris avec plus de délicatesse, on aurait joué le probable et pas l'impossible, donc cet impossible est vrai. »

Je reprends l'avantage, je le sens. Je les démasquerai. Je vais leur montrer de quoi sont capables les octogénaires !

J'ai un bel exemple d'exploit avec Bronski.

On a pris notre retraite ensemble, il était prof de latin et grec. Il a fini en maison de retraite et on lui a interdit peu après de garder son hamster. Un nouveau directeur avait décrété ça : pas de hamster aux Colombières. Va savoir pourquoi. On ne peut pas dire que ce soit envahissant un hamster, au point de vue encombrement il y a pire. Quoi qu'il en soit, l'ordre est donné à Bronski de se débarrasser de sa bestiole. Bronski était un teigneux. Je dis « était » parce qu'il est mort en 97. Je me souviens que les mômes tremblaient comme des feuilles avant de rentrer dans sa classe. Il avait un système simple : il attaquait d'entrée : le premier jour il leur faisait faire un exercice de claquement de dents. Une demi-heure, il les faisait claquer. Au bout d'un quart d'heure, il y avait toujours un des élèves pour dire : « A quoi ça sert, m'sieur ? » Bronski avait un ricanement et répondait : « Ça va vous servir au cours de l'année. » Mais ça n'a rien à voir avec ce que je voulais dire, donc Bronski se débarrasse de son hamster, et la nuit suivante, il pisse au lit. C'est lui qui m'a raconté ça. Les femmes de ménage s'étonnent, les infirmières s'inquiètent. Deuxième nuit : *idem*, troisième, ça dure quinze jours. Ça l'amusait de me raconter son histoire, il précisait qu'il avait des sphincters en béton armé, qu'il pouvait se retenir vingt-quatre heures d'affilée, une vessie parfaite, bouclée au cadenas, il ne s'était jamais levé une seule fois de sa vie pour aller aux toilettes. Du coup, on l'embarque chez le psychologue qui, évidemment, patauge, Bronski aussi dans la pisse, le directeur vient le voir et lui demande s'il y a un rapport avec son hamster, et Bronski dit qu'il n'en voit pas, et que si quelqu'un veut lui expliquer quels liens existent entre l'énurésie et les cochons d'Inde, il serait content de les connaître. Oui, au fait, ce n'était pas un hamster mais un cochon d'Inde, ce qui n'a d'ailleurs aucune importance pour la suite de l'histoire qui se termine bien pour Bronski mais pas pour le directeur : ce dernier l'a autorisé à retrouver sa bestiole mais il a continué à uriner quand même à pleins draps. Il m'a expliqué que s'il s'était arrêté, tout le monde aurait compris qu'il l'avait fait exprès, donc il a persévéré. Je me souviens que lors de ma visite, il avait conclu d'un air un peu rêveur : « Et puis, finalement, on s'y fait, et ce n'est pas si désagréable que ça. »

Comme quoi, mieux vaut pas trop nous chercher des poux dans la tête. Et en ce moment, on m'en cherche !

On va voir qui sera le plus fort.

10

« Je suis un vieux boudoir plein de roses fanées. »

Baudelaire

Le lendemain. Epicerie. 19 h 30.

J'aime bien parfois utiliser ce style lapidaire. Je fais mon Américain. Enfin, pas vraiment parce que si j'avais été un auteur américain, j'aurais décrit les rues avec les noms, le numéro de l'autobus qui m'a doublé et le nombre de Cadillac en stationnement avec un état complet de la météo, sans oublier la façon dont j'étais habillé, plus le nom de l'eau de toilette. En me dirigeant vers Pasadena, je vis qu'il y avait un attroupement au croisement de Richmond et de San Paolo Boulevard. Je m'approchai, un gros Noir d'environ cent trente kilos en tee-shirt orange, marque « Barbarians are coming », et short kaki, avait pris un coup de barre de fer qui lui avait emporté le haut de la tête. Il avait perdu une basket de marque Adidas et portait des chaussettes éponge orangées, trouées aux talons. C'est à ce moment-là qu'il se mit à pleuvoir et je relevai le col de mon imperméable, dernier vestige de ma période GI...

Je suis à l'épicerie.

J'ai acheté des pommes de terre, de la margarine, une boîte de thon et des cigarettes. En posant mes emplettes sur le comptoir, j'ai demandé : « Pas de changements dans les chiffres ? »

Il a remué négativement la tête. Il semblait particulièrement de belle humeur.

— Pas ce matin en tout cas.

J'ai décidé de le titiller.

— C'est bizarre. Hier, je me suis laissé embarquer dans une longue rêverie concernant ma mère, j'espérais qu'elle m'en serait reconnaissante.

Il m'a regardé, surpris. On pouvait même, avec de la perspicacité, découvrir au fond de son œil une lueur de déception : serais-je intéressé au point d'évoquer le souvenir maternel uniquement pour ratiboiser un paquet de sèches supplémentaire ? Il s'est penché vers moi.

— Elle n'est pas intervenue. Peut-être vous aimait-elle moins que vous ne l'avez cru.

Celui-là, il va finir par s'en ramasser une. Comme j'ouvre la bouche pour une réponse cinglante, il reprend.

— Je vais vous confier un secret.

— Je suis prêt à le répéter.

Il chuchote à présent.

— Les morts oublient.

Là, je dois dire qu'il m'a coupé la chique en deux. Maman m'a oublié.

Il écarte les bras comme les garagistes quand ils ne peuvent plus rien pour votre bagnole expirante.

— Nous oublions nous-mêmes, pourquoi voudriez-vous qu'il en soit autrement pour eux ?

C'est la meilleure depuis longtemps.

— Mais alors, les commémorations, le 11 Novembre, nos soldats, le devoir de mémoire ?

Il a son rire que je commence à bien connaître.

— Je ne suis pas certain que ça existe pour eux.

Je n'avais pas pensé à ça. Je commençais à admettre que le seul moyen de conserver l'équilibre de l'humanité était de nous souvenir des disparus. Un boulot de vivants. Mais évidemment, s'ils n'y mettent pas un peu de bonne volonté...

— Pourtant, Antoinette est intervenue en ma faveur.

— Il n'y a pas de règles. Tout au moins elles nous échappent.

Ça, je veux bien le lui accorder. Changeons de conversation.

— Toujours aussi peu de clients...

Je suis seul, comme chaque fois, dans le magasin.

Il se rencogne contre son dossier.

— Que voulez-vous, avec la concurrence des grandes surfaces, le petit commerce souffre beaucoup.

Il n'en dira pas plus. Essayons encore un peu.

— Vous saviez que j'avais pensé à ma mère hier soir ?

— Je suis loin de tout savoir. En fait, je l'ignorais.

Evidemment. Cette fois, il n'a pas pu être renseigné.

Je sors. Il y a eu du vent toute la journée, il commence à s'apaiser. Je vais me faire une purée pour changer. Un téléfilm sur la 3. Une grande soirée en perspective.

Quatre jours ont passé et Benjoin a appelé.

— Un petit bourguignon, mardi ?

— J'apporte le dessert.

Ça fait vingt ans que chaque fois que je dîne chez elle, j'apporte le dessert mais il est toujours bon de le préciser.

La nasse va se refermer sur eux.

Ce que m'a confié mon épicier me trotte dans la tête. Au fond, j'aime bien l'idée romantique que les morts ne continuent à vivre que si nous nous souvenons d'eux. Vivre d'une autre vie évidemment... Une vie de mort, non, ce n'était pas cela que je voulais dire.

Poursuivons.

Pour aller chez Benjoin, même en passant par la rampe Dutertre qui raccourcit le chemin, je mets un petit quart d'heure. Et plus, parce que je dois passer chez Sablé. Admirable nom pour un pâtissier. Sablé est pris d'assaut tous les dimanches après la messe de 11 heures. Il est bon de commander la veille. Sa spécialité est la tourte aux pruneaux, une immonde saloperie qui colle aux dents et qui donne l'impression de mordre dans un bain d'acide. On vient de toute la région pour la goûter et, évidemment, Benjoin – parce que ça fait chic, parce qu'elle en bouffait à l'ambassade puisque, je pense vous l'avoir appris, elle a épousé un ambassadeur – ne finirait pas un repas sans sa tourte aux pruneaux, tandis que je me contente de reprendre du camembert.

Je raconte ce qui m'est arrivé chez Sablé parce que, tout de même, ça vaut le coup. Peu de monde, quelques habituelles rombières qui minaudent et hésitent entre le fraisier-chantilly et la nougatine meringuée comme si leur vie allait en dépendre. Donc, ça prend du temps. Je ne voudrais pas faire trop long sur le sujet mais c'est pour rendre service en vous avertissant : si un jour vous entrez chez

Sablé et qu'il n'y a qu'une cliente devant vous, n'en déduisez pas que votre tour va venir rapidement. Grave erreur. Parce que Mémé se tâte pour savoir si elle prend des babas ou des mille-feuilles, ça fait déjà vingt-cinq minutes que ça dure. La vendeuse qui se dit que ça peut aller jusqu'à la nuit tente une diversion.

— Et si vous essayiez nos mokas ?

Mémé a un tel sursaut que je l'ai crue montée sur trempoline.

— Mme Richard ne supporte pas la crème au beurre !

Alors là, évidemment, il n'y a plus qu'à baisser le rideau, c'est l'argument massue, qu'est-ce que vous voulez dire après ça ? Tirons l'échelle et méditons, si la mère Richard ne peut plus bouffer de crème au beurre, il n'y a plus qu'à s'asseoir et à attendre l'autobus du destin. La prochaine fois, je passe chez Sablé avec une pioche, je creuse ma tombe, je me couche dedans, je me recouvre, le curé dit la messe, Benjoin apporte la couronne, on sonne le glas, tout le monde rentre chez soi, je rentre en lutte contre les asticots, les années passent, et Mémé se dit que les mille-feuilles sont évidemment plus gros que les babas, mais du coup ils sont moins bon marché. Parce que c'est ça son problème à cette vieille peau, elle est avare et elle se demande ce qui est le plus juteux : payer plus pour en avoir plus ou payer moins pour en avoir moins... C'est insoluble, elle va rester là jusqu'à la fin des temps, et moi j'attends derrière. Bien sûr, vous me direz qu'en général, je n'ai rien à foutre et que même ça me fait marrer de chronométrer la cliente. Championne du monde de lenteur de choix. On peut apporter son pliant. C'est joli d'ailleurs cette pâtisserie, vieilles boiseries, glaces anciennes, appliques style XVIIIe.

Donc je m'approche et je demande une tourte aux pruneaux. Parce que, finalement, mon tour a fini par arriver, Mémé a opté pour cent grammes de petits-fours. Mme Richard ne nous fera pas un dérangement hépatique.

Un nouveau choc se prépare. Attention.

La fille arrive, c'est une jeunette avec un tablier blanc bien repassé. Elle glisse la pelle sous la tourte, la fourre dans une boîte en carton festonnée de guirlandes de roses, me la tend et lâche :

— C'est la dernière.

Elle est la troisième. L'épicier, le facteur et elle.

Nous nous fixons. Mes mécanismes de défense se mettent en branle et je remonte l'engrenage de la conspiration. Benjoin sait que je vais passer chez Sablé puisqu'elle m'a invité ce soir. Elle prévient donc la vendeuse. Dès que vous verrez un monsieur dans les quatre-vingts ans avec des chaussures Adidas, une sorte de survêtement grisâtre et une casquette à visière rouge marquée « Viva El Che », vous lui dites ceci et cela. C'est pour lui faire une blague, et voilà un petit billet pour vous remercier.

Si cette minuscule nana croit me rouler, elle se trompe.

— Qu'est-ce que vous venez de dire ?

Je dois avoir l'air menaçant car elle recule.

— Que c'était la dernière.

Quelle petite merdeuse ! Une stupéfiante assurance dans le mensonge.

— Qui vous a dit de dire ça ?

Elle se trouble. Elle ne comprend plus.

— Qui m'a dit de dire quoi ?

— Que c'était la dernière.

Les pantoufles du samouraï

Elle a maintenant l'air carrément idiot.

— Personne. Personne ne m'a dit de dire quoi que ce soit.

— Alors pourquoi dites-vous que c'est la dernière ?

Elle tord sa bouche dans tous les sens. Elle ne va tout de même pas se mettre à pleurer...

— Parce qu'il n'y en a plus d'autre après.

Bonne réponse. Implacable logique. S'il n'y en a plus, c'est qu'en effet, je suis le possesseur de celle qui, n'étant suivie par aucune autre, se révèle du même coup être la dernière. C'est parfaitement normal, la pâtisserie Sablé va fermer comme tous les soirs depuis 1923, année de sa fondation, à 19 h 30. Un coup d'œil dans la vitrine d'exposition achève de me convaincre : plus de tourte aux pruneaux.

En me disant que c'était la dernière, la malheureuse n'a fait que constater un état de fait. Pour qu'elle ne conserve pas de moi un souvenir terrorisé, je lui fais un sourire.

— Excusez-moi, dis-je, j'avais compris que vous me disiez que c'était ma dernière.

Son regard a vacillé et quelques gouttelettes de sueur sont apparues à la racine de ses cheveux. Je suis sorti aussi dignement que me le permettait mon carton à gâteau.

J'avais ce soir-là à jouer une partie serrée.

J'ai sonné et j'ai entendu Benjoin tinter et cliqueter dans le vestibule avant de m'ouvrir.

Dire qu'elle met des bijoux serait un délicat euphémisme. Elle en est recouverte et tient, les jours où elle reçoit, ce qui est le cas ce soir, à arborer les décorations de son défunt mari, ce qui, m'a-t-elle expliqué, est un moyen de lui rendre hommage. Sur son corsage tendu, s'alignent donc toutes sortes de croix et médailles que les diplomates doivent recevoir dès qu'ils serrent une main d'élite au cours d'une réception. Elle a même une broche en forme d'éléphant, haute récompense conférée par l'empereur d'Annam. Suivent le Nisham Iftikar, des distinctions népalaises, érythréennes, congolaises, et j'en oublie. Je vous laisse le tout pour cinquante euros et c'est moi qui fais une affaire.

Bon bourguignon. Ça, il n'y a pas de contestation possible : ayant passé les quatre cinquièmes de sa vie à regarder les autres travailler, elle a eu le temps de voir opérer des armées de cuisiniers et de noter leurs recettes et tours de main.

On a démarré au gevrey-chambertin grande année, et on a poursuivi, dès les fromages, par un blanc d'Anjou sec et fort en fruit. Elle aime les contrastes.

C'est à ce moment-là que j'ai commencé à desserrer ma ceinture, signe précurseur de futures vapeurs. J'ai attaqué ferme.

— C'est marrant, Benjoin, mais depuis les temps immémoriaux que nous nous connaissons, vous ne m'avez jamais entretenu de votre vie sentimentale qui, comme nous le savons l'un et l'autre, est le centre et le foyer de toute félicité.

Elle sirote, minaude, astique au passage la croix de l'Ordre royal de Charles III d'Espagne et finit par dire :

— Mon mari l'ambassadeur...

— Ecoutez, Benjoin, ce n'est pas de votre mari dont je vous parle, mais vous avez bien eu tout de même une histoire d'amour, un extra, je ne sais pas, moi, un souvenir d'enfance ou alors, sur le tard, un coup éclair dans les toilettes de l'ambassade, les fesses sur le carrelage...

— Je vous en prie, vous êtes parfois d'une vulgarité...

Elle a sa bouche en cul de poule mais elle ne m'en veut pas, je le sens. J'ai le sentiment que ça va mordre. J'ai pêché le goujon l'année de mon certificat d'études et j'avais remarqué qu'une fraction de seconde avant de ferrer le poisson, un instinct vous avertissait que ça allait plonger. C'est ce qui se passe en ce moment.

— J'ai dû avoir au cours de mon enfance un petit béguin avec un cousin Brelu-Mortisson dont la famille s'était illustrée à Rocroi en la personne d'un aïeul, Renaud Brelu-Mortisson. On retrouve d'ailleurs sa devise chez son descendant Armand, comte de Brelu : « Pousse ferme et prompt. » A ce sujet...

— Je m'en fous, dis-je, qu'est-ce qui s'est passé exactement avec ce cousin Brelu, il vous a culbutée dans le grenier et...

— Nous avions quatre ans, coupe-t-elle, peut-être un peu moins, je n'ai pas le souvenir d'un contact physique qui, du reste...

Je la recoupe.

— Et rien d'autre ? Personne n'a su toucher votre cœur de glace ?

Gros soupir entraînant d'importantes oscillations mammaires.

— Je suis entrée au pensionnat de Notre-Dame-des-Affligés à huit ans, j'y suis restée jusqu'à dix-sept, le seul homme de l'institution, en dehors de Notre-Seigneur présent en nos cœurs, était un jardinier manchot et sexagénaire à qui nos mères demandaient de jurer moins fort lorsqu'il utilisait sa brouette. Ses jurons s'expliquaient par la difficulté qu'il rencontrait à pousser son engin avec un seul bras. Essayez un jour de manœuvrer une brouette d'une seule main, et vous serez tenté de devenir grossier, ce qui ne vous poserait pas d'ailleurs de grosses difficultés.

— Et à dix-sept ans, pas de rencontres, pas un godelureau musclé ?

— Si.

Silence. Intolérable suspense.

— Qui ça ?

— L'ambassadeur.

— Vous mentez, dis-je, je suis sûr qu'il n'y a pas eu que lui, vous jouez les femmes irréprochables mais, en fait, vous avez rêvé de vous farcir parmi votre personnel.

— Ça suffit, vous exagérez, je ne vois pas l'intérêt de poursuivre cette conversation.

Fâchée. Ça marche ! Il faut parvenir à détourner le courant. Elle a un coup d'œil vers ma mine faussement contrite et entre dans la cage aussi allègrement qu'un chimpanzé attiré par une banane.

— Nous avons eu des intérêts différents dans l'existence, mon cher ami, je ne me suis jamais souciée que de la carrière de mon époux et, par là même, de l'importance de la France dans des contrées où nous la représentions, je n'ai jamais éprouvé la moindre tentation sexuelle, pour employer un adjectif que je n'aime pas. Je suppose qu'il n'en a pas été de même pour vous et qu'un certain nombre de femmes ont marqué votre vie...

En plein dedans. A moi de jouer.

— C'est exact. Je ne vous taquinerai plus à ce sujet, mais il m'est difficile d'admettre que ce qui a été si important pour moi, une source essentielle de joie et de douleur, n'a pas été d'un très grand intérêt pour une amie proche, comme vous...

En avant pour le cirage de pompes, version grand format. C'est parti : après quelques généralités spirituelles concernant mes démêlés avec le beau sexe, j'en arrive à l'histoire de Séverine. Je ne voudrais pas prendre le lecteur pour plus couillon qu'il n'est, mais je précise que Séverine n'existe pas et que, s'il y a un intérêt quelconque à ce récit, il est dû à la fertilité de mon imagination.

— Cela s'est déroulé en des temps très anciens. Je n'avais pas trente ans et je me trouvais, une fois de plus, éperdument amoureux d'une personne de mon âge qui m'avait semblé, au premier coup d'œil, étant donné son élégance, son maintien et cet air loin des contingences terrestres que prennent souvent les mélomanes, appartenir à cette catégorie de femmes qui jouent du Rachmaninov au violoncelle dans des quatuors. C'était une erreur. Séverine était chef de chantier. Son archet était une pelleteuse, sa partition de chant des bulldozers. Tout le monde peut se tromper. Je n'en fus pas moins subjugué et je lui avouai mon amour après un quatrième pastis pris en sa compagnie sur une autoroute en construction près de Valence.
À ma grande surprise, elle répondit à mon emballement et nous connûmes l'extase à l'arrière d'un mobile home qui était sa demeure durant les travaux qui retentissaient autour de nous.
Je me souviens encore du vacarme des excavatrices tandis qu'elle se donnait à moi avec une telle furie qu'elle en avait oublié d'enlever le casque de plastique jaune que se doit de porter, quand elle se trouve sur le terrain, toute créature touchant à l'univers des travaux publics. L'affaire dura près de deux mois, je me souviens de soirées passées à discuter avec passion sur la résistance des matériaux, les différentes techniques de coffrage et les avantages

insoupçonnés du béton armé dans la construction des piliers de soutènement.

Arriva alors le soir de l'Opéra.

Je ne sais pourquoi, alors qu'elle m'avait avoué n'aimer que l'accordéon et tout spécialement le musette, j'avais décidé de l'initier à l'art lyrique. Un réflexe de futur enseignant, cherchant, et le plus souvent à l'encontre du bon sens, à élever le niveau des personnes qui l'entourent, comme s'ils en avaient à coup sûr besoin. Je pris donc deux places pour *Carmen* à l'opéra de Lyon, Séverine travaillait alors sur une bretelle de raccordement.

Près de Villeurbanne. Nous n'eûmes pas loin à aller.

J'interromps un instant le récit fait à Benjoin en précisant qu'avant d'avoir commencé à parler, je n'avais rien préparé du tout et que j'avançais dans mon histoire en me fiant à la fois à mon imagination et à l'anjou blanc dont nous venions d'entamer la seconde bouteille. Cela expliquera peut-être au lecteur quelques trous dans le scénario, voire quelques détails saugrenus.

— Nous nous installâmes et Séverine n'avait pas encore posé son derrière sur son fauteuil qu'elle fronça le sourcil. Devant nous, en contrebas, les musiciens accordaient leurs instruments.

— Pourquoi est-ce qu'ils ne jouent pas ensemble ? demanda-t-elle.

— Ce n'est pas commencé, dis-je. Ils s'entraînent.

Elle n'eut pas l'air convaincue et c'est alors qu'un couple vint s'installer aux places près de nous. Je n'y prêtai pas attention et j'eus tort. L'homme s'installa entre Séverine et sa femme, puis il dit à voix forte :
— Putain, il fait chaud.

C'était exact mais intempestif.

Le noir se fit dans la salle et l'orchestre attaqua l'ouverture. Séverine se pencha vers moi.
— Ils ont oublié de monter le rideau.
— C'est l'ouverture.
— Alors, pourquoi ça reste fermé ?

J'eus une légère poussée de chaleur et lui demandai d'attendre. J'avais, pour la première fois, l'impression encore fugitive que mon idée de l'introduire dans le répertoire lyrique n'était pas la meilleure idée que j'avais eue depuis que je possédais un cerveau.

Le rideau se leva enfin.

Tous ceux qui connaissent l'œuvre de Georges Bizet savent que l'héroïne n'apparaît pas tout de suite. J'eus donc droit tout d'abord à « Elle est où Carmen ? » puis « Elle vient pas Carmen ? » et enfin « Qu'est-ce qu'elle fout Carmen ? » jusqu'à ce qu'apparaisse Carmen. Ayant répondu affirmativement à la question : « C'est elle Carmen ? », Séverine assena un jugement sans appel : « Elle est courte sur pattes, Carmen. »

L'action continua et je ne m'aperçus pas tout de suite que Séverine s'était éloignée de moi et, du même coup, rapprochée du fauteuil de gauche.

Ce fut l'entracte et, dès l'acte suivant, je crus que Séverine, telle une pécheresse touchée par la foi, était convertie aux joies que procure le bel canto. C'est ainsi que, pendant le fameux air des cartes, je la sentis parcourue d'un frisson inextinguible. J'en fus heureux, enfin elle donnait libre cours à une sensibilité musicale jusque-là bien muselée.

L'arrivée du matador Escamillo lui arracha un gémissement et elle sembla défaillir à la scène finale qui fut troublée par un incident comique. Pour une raison qui me reste inconnue, le type qui se trouvait à côté de Séverine se ramassa une paire de claques d'envergure, administrée par sa femme qui se leva et disparut d'un pas de chasseur, sans avoir la décence d'attendre que Carmen soit totalement morte. Aucune éducation.

En sortant, je demandai à Séverine si elle avait été émue, elle me répondit : « Ah ça, tu peux le dire ! » Je lui fis alors remarquer que, contrairement à ce qu'elle avait pu croire, il y avait autre chose que l'accordéon, et elle fut à nouveau tout à fait d'accord avec moi.

Je n'eus le fin mot de l'histoire que huit jours plus tard lorsque, comme tous les cocus, j'arrivai à l'improviste dans l'Algéco qui nous servait de sweet home. Il y aurait d'ailleurs, mais ce n'est pas le lieu ici, une étude détaillée à faire sur cette tendance à se pointer chez soi sans prévenir qui semble être une caractéristique fréquente chez les maris trompés. Je reste assez persuadé qu'il y a une corrélation entre les deux phénomènes : l'adultère et le fait d'arriver en avance. Mais il faut revenir à Séverine au moment où je pénètre dans l'Algéco.

Elle y était en compagnie du type de l'Opéra, celui qui avait pris la paire de baffes, et bien qu'elle entreprît sans grand espoir de me faire croire qu'elle était heureuse de me présenter son cousin Sylvestre, elle eut beaucoup de mal à m'expliquer pourquoi ils se trouvaient nus tous les deux... Elle renonça d'ailleurs assez vite avec un « Oh ! et puis merde » qui en disait long.

Je me lançai alors, car c'était tout de même là que je voulais en venir avec Benjoin, dans le récit de mon malheur : j'insistai sur le fait que je n'en voulus jamais à Séverine et que c'était toujours avec une nostalgie mêlée de bienveillance que je me souvenais d'elle, lui ayant pardonné depuis belle lurette ses écarts intempestifs ; je lui gardais, vivante ou morte aujourd'hui, une place en ma mémoire, celle que l'on octroie aux amours fugitives qui, un court moment de nos vies, furent des fêtes, pas bien longues mais joyeuses, un tour de manège sur un champ de foire avec lampions, tourbillons et flonflons.

Et voilà, elle allait répéter ça à l'épicier, et il y avait gros à parier qu'il allait m'annoncer dans quelques jours une grande nouvelle : Séverine répandait sur moi ses bienfaits et reculait d'autant l'heure de mon trépas.

J'avais cependant, en rentrant chez moi ce soir-là, un doute concernant l'efficacité de mon stratagème. Les deux complices n'allaient-ils pas découvrir le piège qui était censé les confondre ? Je perfectionnai alors le mécanisme en téléphonant le lendemain à Benjoin sur le coup de 11 heures, lui avouant que j'étais rentré chez moi au radar, que je m'étais réveillé avec une tête comme un camion-citerne et l'absence totale de souvenir de la soirée que nous avions passée ensemble. J'ajoutais que j'espérais ne pas avoir trop divagué et raconté d'insanités. Elle me rassura sur ce point, se contentant de dire que j'avais, tout en dégustant son bourguignon, évoqué quelques souvenirs, mais que tout cela était resté dans les limites de la décence.

J'eus peine à retenir un ricanement : n'ayant pas prononcé le nom de Séverine, cela signifiait qu'elle allait s'en servir. On allait rire.

Il est près de 2 heures du matin. Il règne un silence que l'on peut, suivant l'état d'esprit du moment, considérer comme poétique ou démoralisant.

Je viens d'émettre quelques gargouillis. Et tout à coup un soupçon me vient : et si Benjoin utilisait également du surgelé ? Je le saurai si la tornade devient réalité car le surgelé m'indispose parfois. Pas toujours, ça dépend des marques. Quand je dis « m'indispose », je suis en dessous de l'exactitude, disons plutôt qu'il me retourne, qu'il me transforme en cataracte, en chute de haute montagne, il n'y a pas de raison que je l'entourloupe avec mon gratin de cuisse de dinde aux courgettes, et pas elle avec son bourguignon.

Je n'ai plus qu'à attendre. Demain n'est pas un autre jour, c'est le même qu'aujourd'hui, qui ressemblait à hier.

La nuit s'est passée avec son lot d'insomnies. Je me demande si elles ne sont pas dues au fait que je cherche pourquoi je ne dors pas. Cela m'oblige à une telle réflexion qu'elle me tient éveillé.

J'ai fait un rêve après ces songeries. Un enfant venait, un petit garçon sonnait à ma porte, il portait un bonnet un peu ridicule et des chaussures trop grandes. Il venait me demander pourquoi il n'était pas né. C'était le même que je n'ai pas eu. J'ai commencé à m'embrouiller dans les explications, jusqu'à ce que je comprenne qu'il n'y en avait aucune... C'était trop bête de lui dire que je n'y avais pas pensé : c'était pourtant la vérité. J'ai pris soin de le regretter quand cela a été trop tard ! Je n'avais pas fini de lui dire ça qu'il a mis les mains dans les poches de son short et m'a dit : « C'est moi. »

Ça m'a ennuyé de me réveiller juste à ce moment-là, j'aurais aimé discuter avec lui. Ou peut-être pas. Qu'est-ce qu'on raconte à un gosse qu'on n'a pas été foutu d'avoir ?

Existe-t-il un lien entre cet enfant auquel j'ai rêvé et ce qui se passe en ce moment ? Existe-t-il quelque part des êtres pires que les morts : ceux qui, par notre faute, ne sont jamais parvenus à l'existence ? Stop.

N'allons pas plus loin dans ce sens. Un soleil court au ras des berges, un brouillard monte des eaux... Une aube encore.

11

« Hélas, je suis trop petit pour que vous m'aimiez

O mes amies, charmantes princesses du soir ! »

Paul CLAUDEL

Cafardeuse journée. Ciel-couvercle, pluie régulière qui tombe comme si elle ne devait jamais s'arrêter. J'ai traînassé. J'ai dû encore monter le son de la radio pour les infos, cela a une triste signification : mon acuité auditive diminue. Comme l'oculaire est en chute et que tout le reste suit, je me suis livré à quelques considérations capitales concernant la mort, la vie et autres joyeusetés. En gros, il en ressort que contrairement à ce que l'on croit, la camarde n'est pas armée d'une faux, ce qui impliquerait tranchage abrupt, instantané et brutal, elle s'y prend à mon endroit avec délicatesse. Vieillir est mourir à petit feu, elle travaille avec doigté et relative douceur : moins de sons, moins de couleurs, peu à peu les contours s'estompent, des pans disparaissent dans on ne sait quel abîme... J'ai beau faire le faraud, je sais que le sexe m'a fui, que parfois des envies papillonnent, des moucherons d'envies, éphémères, sans consistance. La mort s'insinue, elle ne coupe pas dans le vif, bonjour chère madame mais entrez donc je vous en prie, faites comme chez vous, reprenez de ma rétine, de mon tympan, encore un peu de testicule ? Voulez-vous du biceps ?

Quelques neurones peut-être ? Une vieille amie au fond, une colocataire qui s'installe, prend ses aises, de la place, toute la place bientôt.

Bon, allez, réagissons.

Pour créer un peu d'animation dans cette journée de triste figure, j'ai foutu le feu au tiroir du bas de la commode.

Je fumais une sèche d'après-dîner lorsqu'un craquement s'est fait entendre. Le fond du meuble s'est effondré, un beau travail de termites. En attendant une hypothétique réparation, j'ai tant bien que mal remonté le fond pour qu'il ne traîne pas par terre, et l'ai calé comme j'ai pu avec deux bottins. J'ai, pour effectuer tout ce travail, déposé ma cigarette allumée sur le rebord du tiroir à calbars. Elle a basculé, est tombée dedans et j'ai refermé sans m'en être aperçu.

Dix minutes après, une odeur de brûlé a commencé à planer.

Alors que je me trouvais dans le salon, je me ruai, pour autant que ce verbe ait encore un sens pour moi, et constatai que la pièce commençait à s'emplir d'une brume noirâtre alors qu'une flamme courte mais crépitante s'échappait des jointures marquetées de ma commode.

Les pantoufles du samouraï

Je fis trois fois le va-et-vient, muni de deux seaux d'eau, et les déversai sur le foyer de l'incendie qui s'éteignit presque tout de suite. Le bilan était facile à dresser : une moquette inondée, deux tapis à tordre, une commode noircie, des calbars en cendres. Chacun a le *Titanic* qu'il peut !

Je passai le reste de l'après-midi à essorer et à mettre de l'ordre. Lorsqu'un arc-en-ciel annonça le début de la soirée, je me rendis rue du Repentir.

Etrange comme je me sentais de plus en plus chez moi lorsque je pénétrais dans cette épicerie. Malgré leurs carences, mes narines repéraient le parfum né du mélange de l'encaustique Brilltout, du café d'Italie, surmonté de l'odeur poussiéreuse et sèche des pommes de terre du Loir-et-Cher, le tout nuancé par la gomme arabique pour écolier.

Le patron, de plus en plus chaleureux avec moi, m'entretint des conditions météorologiques d'usage et affirma que l'hiver à venir serait rigoureux.

— Aurons-nous de la neige ?

Ma question, bien anodine, sembla avoir sur lui un étrange effet. En tout cas, elle interrompait son bavardage et je vis se répandre soudain, sur son visage ordinairement avenant, une ombre de tristesse. Je m'efforçai d'en détecter les raisons.

— J'ai dit quelque chose qu'il ne fallait pas ?
— Pas du tout.
— Pourquoi alors semble-t-elle vous peiner ?

Sa gêne à présent était visible. Qu'est-ce qui lui prenait ?

— Vous n'avez pas répondu à ma question...

Il baissa la tête sur son comptoir. Il y avait une musique derrière lui, une radio lointaine qui venait peut-être de l'étage, si tant est qu'il y ait eu un étage. Jamais la pénombre ambiante ne m'avait permis d'en décider.

— Il y aura de la neige, dit-il.

— Eh bien voilà, c'est magnifique la neige, pourquoi est-ce que la perspective d'en avoir vous catastrophe à ce point ?

Il haussa les épaules. Son regard me fuyait. Il y avait quelque chose qu'il n'arrivait pas à dire.

— Accouchez, dis-je, on dirait que vous couvez une crise de foie.

Il fit visiblement un effort. Ses lèvres me parurent sèches.

— C'est au sujet de la neige.

Il commençait à m'exaspérer.

— Eh bien, qu'est-ce qu'elle a, cette neige ?

Ses yeux fuirent vers la portion étroite de ciel qui se découpait à travers le vitrage de la porte.

— Vous ne verrez pas les grandes chutes de décembre, vous n'aurez droit qu'à quelques flocons...

Je commençais à m'habituer à ce genre de nouvelles mais j'ai quand même eu du mal à encaisser.

— Ah ! ah ! dis-je, et quand tombera-t-elle ?

— Avant l'hiver.

Magnifique, ce type était un as du renseignement. Il aurait pu y avoir des flocons au mois d'août !

— Je croyais que vous n'étiez au courant que du nombre restant des objets vendus en magasin et que j'utilise régulièrement. Vous êtes aussi marchand de neige ?

Il haussa à nouveau les épaules.

— Il y a des choses que je sais, dit-il.

— Me concernant ?

— Vous concernant.

— Dites-les, bon Dieu, ne jouez pas à lâcher des informations au goutte à goutte !

Les pantoufles du samouraï

Je m'étais aperçu que je m'étais mis à hurler et là, il a été très fort.

— Vous ne m'avez pas dit ce que vous désiriez aujourd'hui.

Il est parvenu à détourner mon attention.

— Des caleçons, dis-je, vous ne vendez pas des caleçons par hasard ?

— Je suis épicier.

— Un épicier qui vend des cigarettes peut aussi avoir des caleçons.

— Il va falloir descendre en ville, je n'ai pas ce produit en rayon.

J'ai grommelé quelque chose, je me sentais mal. Il y avait de quoi. Après tout, je venais d'apprendre que je ne passerais pas l'hiver. Ce n'est pas le genre de nouvelle qui vous met en joie.

— Au fait, pas un seul macchabée qui soit intervenu en ma faveur depuis la dernière fois ?

Il n'a même pas jeté un œil sur son cahier magique.

— Aucun.

— Ils sont de plus en plus durs à la détente.

Il a souri, toujours le regard christique. Il aurait dû poser pour un statuaire saint-sulpicien : saint Matthieu propageant la bonne parole.

— Je n'ai aucun pouvoir sur eux, dit-il, je transmets parfois, c'est tout.

Je lui ai pris au hasard une boîte de haricots blancs, histoire de dire que je n'étais pas venu pour rien, et je suis parti.

Le piège n'avait pas fonctionné, je n'avais pas la preuve que Benjoin était de mèche avec lui. J'ai décidé de remettre à plus tard la chasse au caleçon et je me suis réchauffé les haricots que j'ai mangés avec mélancolie devant un téléfilm se déroulant dans le monde des hôpitaux. Les scénaristes avaient dû s'acoquiner avec un fabricant de gants pour la vaisselle de nuance vert pomme car les protagonistes ne les quittaient jamais, même pour fumer une clope. C'est à peu près tout ce que j'ai retenu de l'histoire allié au fait que le mot « tumeur » revenait dans les conversations avec une fréquence inquiétante.

Le clou de l'invention se trouvait à la fin : une salle d'opération où un chirurgien masqué extrayait du ventre d'un type une masse gélatineuse que l'on devinait volumineuse. Il émettait un léger sifflement et proférait cette plaisanterie désopilante à l'intention de son assistant : « Plus tumeur, tu meurs... »

A mon avis, il y a du Sept d'or sous roche !

J'aurais abandonné en cours de route si j'avais été certain que ce soit mieux ailleurs, et surtout si le médecin accoucheur n'avait pas autant ressemblé à Malart.

On avait été assez liés à une époque, il était prof de musique et nous avions partagé quelques céleris rémoulade en parlant de Debussy. C'était d'ailleurs fort simple : avec Malart, on finissait toujours par parler de Debussy.

J'ai rarement vu un enseignant aussi chahuté que Malart. Le simple fait de ne pas le retrouver pieds en l'air, enfoncé la tête la première dans le piano, apparaissait déjà comme une remarquable performance. Il y avait chez lui une incapacité absolue à admettre qu'un humain normalement constitué ne puisse pas éprouver un sentiment de plénitude et de félicité en écoutant les *Nocturnes* de Gabriel Fauré. Je me souviens, et je ne dois pas être le seul, qu'à la fin de l'année 1977, pour une récompense générale qu'ils ne méritaient évidemment pas, il avait fait écouter aux élèves de B une élégie de Francis

Poulenc en insistant sur le caractère primesautier de certains passages. Il avait échappé au lynchage grâce à la sonnerie.

Il jouait du piano chez lui, dans sa maison de la rue Verdier. Il s'était marié sur le tard, à cinquante ans passés, avec une joueuse de contrebasson, instrument rarissime que Ravel utilisa pour insister sur les personnages inquiétants ou ridicules. Le son produit par le contrebasson ne s'oublie jamais. C'est un appareil lourd, encombrant et sophistiqué qui est le plus bas des instruments à vent, l'hélicon vous a, à côté, des petits airs de clarinette.

Il y a parfois des joueurs de contrebasson dans les orchestres. On les reconnaît d'abord à ce que l'on ne les voit pas, cachés qu'ils sont par leur instrument, et ensuite parce qu'ils n'ont en général rien à faire tant rares sont les compositeurs qui sont parvenus à intégrer plus de quelques notes pour cet instrument dans leurs créations. La vérité m'oblige à dire qu'il existe un concerto pour piano et contrebasson. Malart et son épouse me l'interprétèrent un soir, je suis sorti de chez eux en tenant les murs. C'est un moment qui reste gravé dans ma mémoire. Fabienne Malart m'avoua d'ailleurs en rougissant légèrement qu'elle avait rencontré son époux lors de l'exécution de cette pièce. Je les en félicitai. Pets d'éléphant à tous les étages.

J'ai au sujet de Malart une anecdote qui m'a fait réfléchir longtemps.

Fabienne Malart devait mourir cinq ans après leurs épousailles. Il ne s'en remit jamais. Il prit une retraite anticipée et s'enferma en compagnie de ses partitions préférées qu'il interprétait du matin au soir. Il ne recevait pratiquement personne, sinon moi qui lui rendais des visites hebdomadaires au cours desquelles il me parlait évidemment musique, en particulier de celle qu'aimait sa femme pour laquelle *Pelléas et Mélisande* n'était pas sans receler un fond de vulgarité.

Il parlait peu et tristement, nous nous entendions plutôt bien, je n'étais pas assez compétent pour dénoter si oui ou non il jouait bien.

Autre particularité pour fignoler le personnage : il adorait la poésie, mais attention, pas n'importe laquelle. La délicate, la plus que raffinée, l'arachnéenne, c'est pas lui que l'on aurait surpris à lire du Victor Hugo par trop tonitruant, il fuyait les alexandrins fracassants qui devaient, dans son esprit, correspondre à de tapageuses fausses notes. Il n'aimait que les vers aériens sur lesquels les musiciens précautionneux avaient collé des mélodies aussi ténues qu'impalpables. Il chantonnait les paroles, laissant courir ses doigts sur le clavier, des auteurs anciens, des strophes désincarnées, Paul-Jean Toulet, Marceline Desbordes-Valmore...

Respires-en sur moi l'odorant souvenir...

Je m'en souviens encore, une histoire de roses conservées au creux d'une robe, elles tombaient : il n'y avait pas plus verre filé, pastel fragile. Il y avait Samain aussi.

Le vase où meurt cette verveine...

Et puis un jour il est tombé malade, une histoire pulmonaire mal soignée. Le couvercle du Pleyel est resté fermé, il n'avait plus la force de l'ouvrir.

Je suis allé le voir à l'hôpital et je suis arrivé pour la fin. Si j'avais su, j'aurais évité d'être là, mais d'une certaine façon, c'est bien tombé, il aurait été seul pour faire le saut.

Donc je suis au pied du lit comme un con et j'ai un peu la trouille parce que je sens que ça ne va pas tarder et, en effet, à un moment il devient rouge et me fait signe d'approcher. Je colle mon oreille contre sa bouche et je me dis qu'il va, dans un souffle, m'envoyer un dernier vers, Mallarmé ou Nerval, finir en élégance, en suavité, un chant ultime et retenu, et à ce moment-là je l'entends chantonner :

Tonton Mirliton
Les couilles à papa
Sont pendues au plafond.

Il a un hoquet et il meurt.
Grande leçon.
Cette mort m'a fait réfléchir longtemps. Que s'est-il passé ? Les barrières ont-elles sauté quelques secondes avant qu'il ne s'enfonce dans la nuit ? Avait-il été, ce bon Malart, un rigolo réfréné toute sa vie ? Comment avait-il pu conserver en mémoire ces trois vers de cour de récréation ? Un moment d'enfance ressuscité avant de plonger ? Je ne l'ai évidemment jamais su.

Donc, retour en arrière : si j'ai persévéré dans ce téléfilm inepte, c'est parce que l'acteur ressemblait à Malart. J'ai attendu qu'il chante pendant tout le film, qu'il se mette au piano...

Ce souvenir pour arriver à dire que les types qui dressent les statistiques concernant l'audimat des émissions ont du boulot sur la planche. Peut-être les mecs regardent-ils uniquement parce que la fille qui joue l'espionne ressemble à leur ancienne petite amie avec laquelle ils jouaient au docteur dans l'escalier, ils se demandent si c'est bien elle, si l'âge correspond, en gros, qui sait, à six ans elle était déjà tellement délurée qu'il ne serait pas surprenant qu'elle se retrouve devant les caméras.

Allez, je dors, demain une dure journée m'attend. C'est du centre-ville obligatoire, escalators et promotions, ding-dong chers clients, chères clientes, pendant une demi-heure à partir de maintenant, un rabais de 30 % vous est proposé sur nos articles électroménagers, nos vendeuses sont à votre disposition pour vous donner toutes informations concernant votre choix, ding-dong. On nous signale dans le rayon caleçons pour homme un individu trop âgé pour pénétrer dans nos magasins, il est prié de déguerpir, ding-dong. Avez-vous pensé au nouveau cartable dont a besoin votre enfant ?

Ding-dong !

Cette fois je dors.

Je ne sais pas si l'idée m'est venue pendant mon sommeil, mais ce matin, je ne la trouve pas si mauvaise.

Il y a peut-être quelqu'un avec lequel je peux parler de cette aventure et qui paraît à première vue le plus qualifié pour m'apporter des éclaircissements. Pas sûr que ça marche mais il y a là une possibilité.

Il s'agit d'un curé.

Je ne suis plus entré dans une église depuis ma communion solennelle mais je ne risque rien d'aller voir de ce côté-là. A mon avis, dans un premier réflexe, il va m'orienter vers un service psychiatrique mais on ne sait jamais. Après tout, ce sont eux les mieux placés pour être au courant des choses de l'au-delà.

Premier obstacle : comment fait-on pour discuter avec un curé ? Il doit falloir prendre rendez-vous comme chez le dentiste. Y a-t-il un salon d'attente dans la sacristie ? Ou alors je rentre dans un confessionnal, mais que lui dire ? Ces endroits sont faits pour balancer des péchés, et je n'en ai pas. Même plus de péchés ! Un comble.

J'ai décidé d'y aller voir. J'avais remarqué que dans les églises, même vides, il y a toujours les signes d'une présence, bruits lointains dans les bas-côtés, une silhouette dans une chapelle latérale. Quelqu'un passait parfois derrière l'autel, dans une travée : je devais pouvoir me renseigner.

Première constatation : l'église principale de la ville – il y en a trois mais les deux autres sont dans les faubourgs – est extrêmement laide. J'ai rarement vu quelque chose de plus lamentable, elle doit dater du XIXe et est couverte d'un crépi gris plombé qui donne l'impression à tout instant qu'elle vient de recevoir une averse violente. Il faut avoir la foi chevillée au corps pour entrer là-dedans en se disant que Dieu existe. S'il existait vraiment, il aurait d'abord interdit qu'on lui construise une demeure pareille.

A l'intérieur, c'est pis, les vitraux laissent passer un jour lavasse sur chaises et prie-dieu. Au-dessus de l'autel, un christ en plâtre perd sa peinture qui se desquame en plaques eczémateuses. Pas d'élan dans les colonnes. Je fais le tour et repère près de l'entrée une porte qui doit donner sur un bureau. Je m'apprête à frapper lorsqu'un homme s'avance dans l'allée. Difficile de savoir si c'est un prêtre ou un client, les ecclésiastiques s'habillent aujourd'hui n'importe comment, c'est-à-dire comme moi. Celui-ci n'a pas de soutane et ressemble plus à un prof de gym retraité qu'à un vicaire de Dieu, mais une chose me frappe : il marche sans faire de bruit. Pas un son sur les dalles. Et pourquoi ce silence ? Parce qu'il est en pantoufles. Vous viendriez à l'église en pantoufles ? Certainement pas. Alors pourquoi se le permet-il ? Il n'y a qu'une explication : il est chez lui. Et vous en tirez quoi comme conclusion ? Que s'il est chez lui dans l'église, il s'agit du curé. CQFD, signé Sherlock Holmes.

Je me suis avancé vers lui.

— Excusez-moi, monsieur le curé...

— Je ne suis pas curé.

J'ai dû avoir un regard éloquent sur ses pieds parce qu'il a eu l'air gêné, je lui ai demandé s'il savait où je pouvais trouver le curé de la paroisse, et il m'a indiqué une adresse à côté. En me quittant, il a tenu à préciser qu'il avait des cors sur tous les orteils et que ça le réveillait la nuit, ce qui expliquait les pantoufles.

Je pense que ce passage concernant mon entrée dans l'église devrait être supprimé, ne faisant pas avancer l'action d'un quart de millimètre, mais ce qui est écrit est écrit, car s'il fallait rayer dans tout ce qui précède ce qui n'a pas grand intérêt, je crains qu'il ne reste pas grand-chose...

Donc je reprends le fil lorsque je me trouve assis dans un fauteuil de cuir, profond mais peu rembourré, dans le bureau de l'abbé Bonpetit, pièce elle-même située derrière l'église au 12 de la rue Verdemont, là où se dressait l'ancienne cure.

J'étais d'abord un peu déçu que le Bonpetit en question ne soit qu'abbé, ce qui me paraît être un grade inférieur à celui de curé. Un peu comme si, demandant à voir le colonel, vous vous retrouviez devant un sergent-chef. Mais j'ai décidé de faire avec, il avait une bonne tête, un sourire épiscopal et l'endroit, bourré de livres, était sympathique, un crucifix discret, gros comme un moustique écrasé, sur le mur du fond pouvait rappeler que je me trouvais chez les cathos.

Malgré son air avenant, je décidai d'y aller mollo de façon que, dès mon dos tourné, il ne se précipite pas sur le téléphone pour appeler police-secours.

Je me suis présenté : ancien prof, vieille famille, grand appartement, oui, oui, je vivais seul, célibataire béton, j'avais bien failli, mais ça ne s'était pas fait, et si ça ne s'était pas fait, c'est que ça ne devait pas se faire, et c'est tout de même pas de ma faute si cette conne était partie avec un directeur des ressources humaines, myope et passionné de char à voile qui, trois ans après leurs noces, s'était fracassé contre une digue bétonnée, après avoir perdu ses lentilles de contact, alors qu'il prenait un virage à 140 à l'heure... là, j'ai compris qu'il avait du mal à me suivre et que je me perdais dans les détails, et j'en suis venu au fait, après lui avoir tout de même dit que je n'étais pas croyant. Tout juste s'il ne m'a pas félicité : ça, ce sont sans doute les nouvelles méthodes. Autrefois, quand vous disiez ça, ils vous écartelaient et vous foutaient au feu. Aujourd'hui, ils vous tapent sur le ventre, vous n'avez pas rencontré le Sauveur ? mais c'est pas grave mon petit bonhomme, ça viendra, vous inquiétez pas, Notre-Seigneur est patient, et patati et patata... Donc, j'ai fini par attaquer.

— Il vient de m'arriver une étrange aventure et c'est la raison de ma présence ici.

J'ai été particulièrement satisfait de ce début et j'ai poursuivi en lui déballant le tout. Je n'ai rien oublié. L'épicier. Le facteur. Benjoin. Les bouteilles,

les cigarettes, etc. A un moment, tout en m'écoutant, il a entrepris de se curer les ongles avec un trombone déplié et, lorsque j'eus terminé, il a soupiré longuement.

Les fenêtres devaient donner sur un jardin parce que j'entendais des pépiements. D'ailleurs, il y a toujours un jardin chez le curé. Ces gens-là se débrouillent admirablement, ce n'est pas nécessairement important mais ils ont de quoi faire pousser leurs tomates, leurs poireaux, ils ont une servante dévouée et vieillissante qui leur fait des conserves pour l'hiver. Belle vie au fond, j'aurais dû entrer dans les ordres, ça m'aurait évité bien des désastres, peut-être la foi me serait-elle venue à force d'arroser les fleurs du maître-autel et de ressasser le catéchisme aux enfants de la paroisse. J'aurais peut-être même pu avoir une aventure sexuelle sournoise avec une ouaille, la femme du maire ou quelqu'un d'équivalent. Elle m'aurait attendu, nue, dans le confessionnal.

— Vous vous souvenez de certains de vos élèves ?

Je suis sorti de ma rêverie comme on sort de l'eau après un coup de talon dans le fond de la mer.

Mes élèves. Il m'en était passé pas mal devant le bureau que j'avais quitté depuis plus de vingt ans, certains s'étaient cramponnés dans ma mémoire quelques années. Fouilloux entre autres. Dieu sait pourquoi, il m'aimait bien. Pas une lumière, Fouilloux, pourtant ! Quand il lisait Alphonse Daudet, on avait l'impression qu'il déchiffrait du Heidegger, mais brave type, à dix-sept ans il tirait encore la langue quand il écrivait, c'était un appliqué. Il était entré au Crédit agricole après son échec à l'examen, je n'ai jamais très bien compris ce qu'il y faisait. « Du rangement », disait-il, il devait sortir les poubelles ou quelque chose d'approchant. Il venait chez moi dès que s'amorçait une catastrophe sentimentale, c'est-à-dire deux fois par semaine.

— Les femmes, je les garde pas !

C'était sa formule, ça, il la répétait d'un air navré en écartant les bras, il m'expliquait qu'il faisait tout pour elles, les courses, la vaisselle, il rapportait la paye, offrait des fleurs, beurrait les tartines, les emmenait l'été à la pêche avec un pliant pour qu'elles ne se mouillent pas le cul dans l'herbe, tout impeccable ! Eh bien, malgré tout ça, il n'y avait rien à faire, il les gardait pas. Elles ne partaient même pas avec un autre, ça, il aurait pu comprendre, un séducteur avec la moustache, la gomina comme Clark Gable, ç'aurait été compréhensible, c'est fragile les femmes côté cœur, elles pouvaient succomber au charme... Eh bien pas du tout, elles foutaient le camp, un matin, sans raison, juste au moment où il allait refaire les papiers peints du couloir. Je lui disais que je ne lui serais d'aucun secours, qu'on ne demandait pas pourquoi une femme s'en allait à quelqu'un qui n'avait pas été foutu d'en voir arriver une, mais c'était plus fort que lui, il parlait des heures, il déballait et ça le soulageait. Je lui servais un peu de whisky pour l'aider. Il en trouvait une autre très vite d'ailleurs, et le rêve repartait. Il n'avait jamais pu arriver à considérer le couple autrement que sous l'angle de l'installation. S'aimer, c'était choisir ensemble la même cocotte-minute.

— Pourquoi vous me demandez ça ?

L'abbé a reposé son trombone sur le bureau, non sans l'avoir retordu pour lui redonner sa forme originelle. Un minutieux.

Il m'a regardé et je me suis aperçu que son attitude changeait à mon égard. Si je traduisais bien, il commençait à me considérer assez sérieusement comme un parfait crétin. Il a croisé ses doigts et s'est penché.

— Parce que vous ne pouvez qu'être victime d'un ou de plusieurs facétieux qui ont décidé de vous jouer un tour, et comme vous m'avez appris que vous avez été enseignant, j'ai pensé à quelques anciens lycéens qui...

Il s'interrompit et questionna.

— Etiez-vous un professeur sévère ?

Je ne m'étais jamais vraiment posé la question. Quelquefois peut-être, avec certains, et encore... Je n'avais pas le souvenir d'avoir puni à tour de bras, j'avais dû en coller de temps en temps, mais pas systématiquement, pas comme Bertholet qui, lui alors, dès qu'il voyait un cil bouger... Stop. On s'en fout de Bertholet.

— Non, je ne crois pas.

— Vous n'avez jamais eu l'impression de vous être fait en classe un ou plusieurs ennemis ?

Des ennemis non, certains ne m'aimaient pas trop, bien sûr, mais de là à parler d'ennemis... en tout cas, l'abbé semblait se passionner.

— En fait, dis-je, je suis venu surtout vous demander si, au point de vue du dogme, de la religion, il pouvait y avoir...

Je sentais que je m'emberlificotais. Qu'est-ce que j'étais venu foutre ici ?

— Enfin, cette histoire de nombre d'objets, est-ce que ça a un sens pour vous ?

Il s'est marré ouvertement.

— Aucun, dit-il, mais vraiment aucun. Dieu ne mesure pas ses bienfaits. Pourquoi voudriez-vous qu'il compte les paquets de cigarettes ? Quant à votre histoire d'âmes intercédant de l'au-delà, nous sommes dans le délire absolu !

— C'est bien ce que je pensais.

J'aimais de moins en moins son regard apitoyé : je devenais un vieux gâteux, une proie aisée pour escroc imaginatif.

— Une autre piste, dit-il, cherchez si on ne tente pas de vous impressionner pour vous faire fuir la ville ? Votre appartement intéresse-t-il quelqu'un ? Avez-vous des héritiers ?

Un vrai flic. Ça, c'est la télé. Les gens regardent les feuilletons, « Navarro », toutes leurs couillonnades, et ils s'imaginent qu'ils vont découvrir le coupable. Il se prenait au jeu, le cureton. Je me suis levé, l'ai remercié. Il s'est levé à son tour et, parvenu à la porte, il a mis sa main sur mon épaule.

— Il y a longtemps que vous n'étiez pas entré dans une église ?

— Très longtemps.

— Venez plus souvent.

— Je ne vous promets rien.

— Vous y reviendrez.

Je me suis tourné vers lui. Son ton avait changé. Il ne souriait plus.

— Vous y reviendrez, insista-t-il, très exactement deux fois.

Je me sentais calme, étonnamment. Lentement, le sourire s'installa dans ses yeux.

— Je plaisante.

J'ai hoché la tête.

— J'avais compris.

Dehors, j'ai regardé ma montre. On avait bavardé plus longtemps que prévu. Tous les magasins étaient fermés à présent. Les caleçons seraient pour demain.

Je suis rentré chez moi et le téléphone a sonné tout de suite.

Une voix inconnue m'a appris la mort de Benjoin.

La cérémonie religieuse aurait lieu mercredi.

12

« J'ai rêvé de la vie et de l'amour et de la mort, du rire et des larmes, du bien et du mal [...] un rêve merveilleux, ma multiple splendeur. »

Han Suyin

Cette nuit, la question était : et si eux-mêmes ignoraient qu'ils disent la vérité ? L'abbé croit plaisanter, mais est-ce bien une plaisanterie ? Pourquoi deux fois ?

Eglise mercredi pour l'enterrement. Est-ce que mes propres obsèques comptent ?

Insomnie. Crétin d'abbé. Qu'est-ce qui lui a pris de me balancer ça au moment de mon départ ? Il a voulu faire son malin, tester ma réaction. Mais s'il y avait autre chose ? Si la vérité s'exprimait à travers une formule jetée comme ça, au hasard ?

En supposant qu'il y ait un hasard.

Je n'ai pas cessé de penser à Benjoin, évidemment.

Fini les soirées surgelés ! Les grands pinards.

J'ai appelé sa voisine pour savoir les circonstances du décès. Elle a pris sa voix de Comédie-Française, j'ai cru qu'elle allait me jouer *Andromaque*. « Elle est morte seule » : elle l'a répété au moins trois fois. Evidemment à quatre-vingts ans passés, cent vingt kilos dont le tiers de cholestérol, veuve et sans enfants, elle n'allait pas quitter le bas monde au milieu d'une foule innombrable. On l'a trouvée dans son lit. La voilà au paradis des femmes d'ambassadeurs, elle a dû commencer à donner des réceptions entre deux nuages... Pourquoi l'ai-je tant brusquée ? Elle m'a toujours donné envie de la choquer, de lui faire prendre cet air offusqué qui me faisait jubiler. Peut-être aurions-nous pu avoir une aventure, finalement : il aurait fallu peu de chose, trente ans et cinquante kilos en moins. Une paille.

Je me suis tout de même réveillé en larmes. Grand sensible. Avec qui vais-je picoler au cours des longues soirées d'hiver ? Petite tête de moineau, elle pensait résoudre les problèmes du tiers-monde en permettant à ses serviteurs d'emporter chez eux le restant des petits-fours...

Le mercredi, je me suis aperçu que je n'avais rien de noir à mettre sinon mon manteau que je traîne depuis des décennies. Je l'ai endossé et évidemment, j'ai pensé que la journée serait l'une des plus chaudes de l'année. J'allais en baver là-dessous. J'ai pensé m'y fourrer tout nu et me déboutonner devant le cercueil pour la scandaliser une dernière fois, en hommage, un ultime spectacle à emporter du monde des vivants. En fait, il faisait gris et anormalement frisquet. Je n'ai pas regretté le paletot.

Nous n'étions pas nombreux. Les relations du temps des ambassades avaient fondu, il ne restait qu'un couple qui sentait son ménage d'anciens diplomates, quelques personnes que je ne connaissais pas, des cousins lointains, c'est tout du moins ce que j'ai supposé, peut-être m'en avait-elle parlé, je n'avais pas dû l'écouter. Je ne l'écoutais pratiquement jamais. Si je faisais le compte, je n'avais pas été très attentif.

Il y avait quelques couronnes sur le cercueil. Je n'avais même pas songé à lui apporter des fleurs, je devais être plus troublé que je ne le pensais.

Cela m'a fait drôle de me retrouver là pour la deuxième fois en quatre jours. Un prêtre est arrivé avec deux autres qui l'assistaient. Ce qui m'a étonné, c'est que mon abbé ne soit pas là. Bizarre tout de même. Celui-ci était beaucoup plus vieux, il nous a demandé de nous lever, a commencé à chanter comme une casserole, et j'ai eu envie de partir.

J'étais au dernier rang, tout seul, les autres étaient éparpillés devant moi, personne ne s'apercevrait de ma disparition. J'allais en griller une sur le parvis et me diriger vers le cimetière où je rejoindrais le convoi lorsque la messe serait finie.

Je suis sorti sur la pointe des pieds et lorsque j'ai poussé une porte latérale qui donnait sur la place, j'ai eu la surprise.

Il neigeait.

Pas de gros flocons, mais tout de même. Ce n'était pourtant pas encore la saison. J'ai reculé et me suis adossé contre la pierre.

Qui m'avait parlé de neige ?

L'épicier.

Ça commençait à faire beaucoup. J'ai senti la peur venir. Elle est partie de loin mais elle allait vite. Une forme dans le brouillard lancée au triple galop. Un clapotement s'amplifiait, celui des sabots dans de la boue, c'était mon cœur qui s'emballait.

Et si la mort n'était causée que par la trouille qu'elle procure ? J'ai pensé à ça avant de retourner dans l'église. Là-bas, le curé agitait l'encensoir, une fumée stagnait. Je me suis assis, les jambes cassées. Je ne sais plus pour qui je me suis mis à pleurer, sur elle, sur moi, sur Maman, sur tout.

C'est à ce moment-là que j'ai décidé de sécher le reste de la cérémonie. J'irais sur sa tombe plus tard, quand je me sentirais mieux, quand je serais plus présent.

Je suis rentré, il était déjà midi. La neige n'avait pas tenu, les trottoirs étaient déjà secs, j'ai poussé jusqu'à la rue du Repentir. Je venais de me rappeler que je n'avais plus de café.

J'ai poussé la porte et le maître des lieux a plié son journal. Il n'a pas eu l'air surpris de me voir, bien que ce ne fût pas mon heure habituelle. Il m'a paru plus triste que d'ordinaire et quand il m'eut sorti de sous le comptoir un paquet d'arabica, je lui en ai demandé la raison : « Ça ne va pas ce matin ? »

Il a soupiré.

— Je ferme, dit-il. La semaine prochaine, je ne serai plus là.

— Vous n'aurez pas de remplaçant ?

— Ce serait inutile. Si vous voyiez mon chiffre d'affaires, vous comprendriez qu'il décourage les meilleures volontés. Vous êtes pratiquement mon unique client.

— Vous savez que Mme Benjoin est morte ?

Il n'a pas eu l'air étonné. Il a simplement demandé :

— C'était une amie à vous ?

— C'est elle qui était veuve. Elle vous avait demandé des gants de filoselle.

Il a baissé la tête. Du plat de la main, il repassait le journal avec application pour en effacer les plis du papier.

— Elle en a acheté la semaine dernière, je ne sais pas ce qui lui a pris. Je l'avais pourtant prévenue...

Je me suis senti flageoler.

Ainsi donc, elle s'était suicidée d'une certaine façon. Elle avait parfois du désespoir en elle, je le sentais, trop d'années, trop de gras. Elle avait décidé d'en terminer avec cette grosse dame molle qui avait sans doute été jolie. J'aurais dû être plus attentif.

— Qu'est-ce que vous allez devenir ?

Je pensais qu'il allait me dire qu'il prenait sa retraite. J'avais tort.

— Je vais reprendre mon métier de fossoyeur.

J'ai piétiné d'un pied sur l'autre. J'avais envie de lui demander ce qu'il allait faire de son cahier mais je ne sais pourquoi, je n'ai pas osé. J'ai simplement dit :

— On ne se reverra plus alors ?

— Non.

Il y avait tout de même un peu de tristesse dans son ton. On ne pouvait pas dire que l'on était devenus des amis, mais enfin, le soir on se retrouvait.

Tout à coup, l'idée m'a traversé l'esprit : s'il fermait, c'en était fini des Dumbs, je n'en trouverais plus jamais. J'ai montré la pile du menton.

— Je vous les achète tous.

Il m'a regardé attentivement.

— Il m'en reste combien ?

Il n'avait pas le cahier sous les yeux mais je suppose qu'il devait connaître les chiffres par cœur. Il a simplement dit.

— Le compte est bon.

— Je prends.

Il les a fourrés dans un sac et a saisi mes billets.

— Vous ne m'empêchez pas de les emporter ?

Il a eu son sourire du premier jour. Je ne sais pas si c'est l'éclairage, mais j'ai eu l'impression qu'il avait moins de cheveux que le soir où j'étais entré ici la première fois.

— Nous n'intervenons jamais dans les choix de nos clients. Nous les prévenons, c'est tout.

Nous nous sommes serré la main et la sonnette de la porte a retenti. Dehors, il ne restait rien de la chute de neige de la fin de la matinée. Juste un fantôme de soleil pâle et rasant qui rendait la ville blafarde.

J'ai eu la sensation qu'il fallait que j'oublie tout cela : Benjoin et sa filoselle, l'épicier et ses comptes d'apothicaire, la neige qui était tombée et cet abbé. Etait-ce bien un abbé au fond ? On disait qu'il y avait un manque de personnel dans le clergé, et celui-là n'était même pas à l'église pour les enterrements... Il y en avait marre à la fin, ça faisait trop longtemps que je nageais dans l'invraisemblable sans tenter vraiment d'y échapper, comme si une partie de moi-même s'en satisfaisait ou, qui sait, s'en réjouissait. Je devais posséder quelque part dans mon crâne une attirance pour l'extravagant morbide. Il y avait des choses troublantes mais je n'avais tout de même pas trop forcé pour expliquer l'invraisemblable.

J'ai eu conscience, comme j'arrivais au tournant de ma vie, de n'avoir pas vraiment essayé de découvrir la vérité. Je me suis senti ragaillardi par cette idée et, du coup, ce qui est rarissime chez moi, j'ai décidé de continuer ma promenade.

Une belle soirée. C'était évident : une de plus. Mais aujourd'hui la lumière était particulière. J'avais l'impression en marchant de me trouver dans un théâtre illuminé, les façades avaient fait place à des décors, tout était d'un blanc plâtreux, même les visages des rares passants... Et là il m'est arrivé une chose étonnante : je me suis trouvé devant le Louxor et je suis entré.

Voilà longtemps que je ne vais plus au cinéma. C'est un art bien neuf, nous sommes presque nés ensemble, mais il est déjà fait de plus de morts que de vivants.

Je ne sais pas ce qui m'a pris. Il n'y avait personne devant la caisse, le film allait commencer, je suis entré. Ordinairement, tout pour moi tourne à l'expédition : si j'avais projeté de m'y rendre, j'aurais regardé les horaires, je me serais renseigné sur le film, me serais dit que ça finissait tard, que ça m'obligerait à manger avant, ce qui était trop tôt, ou après, ce qui frôlait l'insupportable. En fait, j'aurais pu assez rapidement accumuler une impressionnante série de raisons qui m'auraient permis de rester chez moi.

Dans la salle, j'ai retrouvé cette atmosphère de paquebot qu'a toujours eu pour moi ce genre d'endroit. Lumières ténues, odeur de vieux velours des fauteuils prune, rien n'avait vraiment changé depuis Gaby Morlay. J'étais assez content de moi, je m'étais épaté moi-même. Au fond, j'étais un décideur né : un type qui passe devant un cinéma, qui n'a rien prévu, et qu'est-ce qu'il fait ? Hop ! il entre. Chapeau.

Un coup de tête. Sans hésitation, sans retourner le problème sur toutes ses faces.

Ça a commencé.

Juste au moment où les lumières baissaient dans la salle, un couple est venu s'installer à deux rangs devant moi, sur le côté. Je ne les voyais qu'en contre-écran, ils étaient très jeunes, ça se devinait à la silhouette, et en fait ils n'avaient pas fini de s'asseoir qu'ils se roulaient déjà des pelles.

Ça m'a surpris. Cela se faisait beaucoup à mon époque. C'était compréhensible, les salles obscures devaient être les seuls endroits où les amoureux pouvaient se sentir un peu peinards. C'était mal vu, les bisous autrefois, aujourd'hui à la télé, partout, on voit des étreintes, des reptations, des mains qui courent, des langues fourrées, des positions pires qu'aux Indes les statues, tout ça pour vendre une friteuse, un égouttoir, une assurance vie, une bagnole. Quand je passe devant le lycée Rougin, j'en vois qui se tripotent, se lèchent jusqu'aux œsophages juste avant la sonnerie, ça ne fait plus se retourner personne, même pas les proviseurs, plus besoin d'aller au cinéma pour s'embarquer vers les mille délices. Donc, ça m'a surpris que ces deux-là renouent avec les traditions.

Surtout qu'ils ne se lâchaient pas et que je t'embrasse et réembrasse et que je te pourlèche, t'avale et te relèche... C'est pas que je sois voyeur, mais je n'arrivais pas à m'en détacher les yeux : ils pouvaient avoir quoi ? Difficile à discerner dans le noir, vingt ans, dix-huit... Et puis, il faut dire que c'était très emmerdatoire comme film, une histoire d'amour qui ne parvenait pas à éclore, avec des lenteurs, des retenues, des recherches infinies de complications, alors que les deux jeunots dans la salle, ils s'en foutaient pas mal des psychologies, des cas de conscience... Et il faut dire que l'actrice, c'était épouvantable, on pouvait comprendre que le gars recule : à sa place tout le monde serait déjà parti, la tronche perpétuelle, on subodorait qu'il allait avec elle se faire la vie d'enfer, l'existence tragique, elle sortirait du psy pour foncer chez un gourou avant de replonger dans la coke, ce qui ne l'empêchait pas de nager dans le gin-vodka. Moche avec ça. On comprenait pas pourquoi il allait pas se faire huit jours au club Méditerranée pour s'aérer un peu.

Et puis alors, fauché comme film. Une chambre d'hôtel qui donnait derrière la gare de Nord, et c'était à peu près tout comme décor. Ça m'a fait penser que le dernier film que j'avais vu, ce devait être *Cléopâtre*. Ça me faisait un contraste. Un demi-million d'Egyptiens avec les chars et des sphinx en pagaille, des obélisques, le Nil, et en prime les Romains avec des légions à perte d'écran, et Antoine en jupette, tous bronzés et maquillés... Je me souviens, quand on sortait, dans les glaces du hall on se trouvait verdâtre, on avait la couleur des urinoirs faïence. On pouvait pas lutter contre le Technicolor, c'est pour ça que les gens attrapaient des coups de soleil, ils voulaient avoir les mêmes couleurs qu'Elizabeth Taylor, alors ils s'exposaient, devenaient rouges, pelaient par plaques. Quand ils rentraient en septembre, ils étaient redevenus blancs, c'était foutu. Le rêve inaccessible d'Hollywood, c'était ça.

Alors là, avec leur histoire de couple en perdition au milieu d'une chambre au papier peint à fleurs, avec la tête de lit en contreplaqué, on comprenait que ça finirait mal, qu'ils n'avaient rien pour eux, que s'ils s'acharnaient, ils finiraient par se trimballer la poussette dans les allées d'un square de la banlieue nord, qu'il serait sous-chef adjoint au Gaz de France et elle au Super U en tête de gondole, ou alors ils se jetteraient du vingtième étage de leur

HLM à La Courneuve. Non, décidément, je pouvais constater que le cinéma n'avait pas fait de progrès. Où était la rutilance ? La joyeuse couillonnade ? Avant, l'amour c'était courir en pyjama de soie dans un couloir de palace à la poursuite de Katharine Hepburn, c'était danser en smoking blanc sur un pont de paquebot avec Rita Hayworth, tandis que là on se grattait le fond des poches pour se payer une semaine dans un meublé, avec les waters sur le palier... C'était épouvantable ce que le monde avait pu changer. Bien sûr que j'étais de mauvaise foi, je me sentais en colère dans mon cinéma. Qu'est-ce que j'étais venu chercher là ? Une évasion de deux heures, et je n'avais attrapé qu'une vague somnolence.

Heureusement que j'avais mes tourtereaux. Ceux-là, si à la fin je leur demandais de me résumer le scénario du film, ça m'étonnerait qu'ils puissent me répondre. Ils s'emmêlaient de plus en plus, ils allaient finir par terre, entre deux rangées, ils avaient de la chance, il n'y avait plus d'ouvreuse qui vous balançait le faisceau de la lampe électrique au moment où la demoiselle vous permettait d'accéder au deuxième bouton du chemisier... Parce que j'avais connu ça, moi aussi, avec Mauricette à la fin de l'adolescence. C'était une progressive Mauricette, un bouton par semaine, un centimètre de gagné tous les quinze jours. A cette vitesse, on mettait un an pour arriver à la culotte et alors là, attention, fallait ralentir encore, c'était pas autorisé, elle aurait eu une demi-tonne de TNT dans le slip que ça n'aurait pas été pire. Un travail de bénédictin, si tant est que les bénédictins se lancent dans ces entreprises à long terme. On se quittait après la séance, je ne la raccompagnais même pas chez ses parents, ça aurait fait jaser. Je rentrais frustré, ce n'était pas une fille, c'était une forteresse, à décourager un corps d'armée. Imprenable Mauricette, on s'est quittés au bout de trois mois, je n'avais pas dû parcourir plus de six centimètres, faible moyenne. Il y avait de la vertu.

Ah, attention, ça s'agite sur l'écran. Le gars a l'air décidé à brusquer les choses, il a l'air d'en avoir ras la casquette. On le comprend, ça fait vingt-cinq minutes qu'elle lui parle de son père, qu'elle le bassine avec l'image paternelle, alors il se lance, et on se rend bien compte que ça ne va pas marcher du tout, qu'elle donne l'impression de se trouver dans le fauteuil du dentiste, qu'amour rime avec douleur, que c'est pas la peine, d'ailleurs il se rhabille bien qu'il ne se soit pas complètement déshabillé. Je suppose qu'ils vont finir par se jeter par la fenêtre, on ne voit pas vraiment de solution plus optimiste pour régler leur problème.

Ah, elle sort une seringue, une petite cuillère, ça ne présage rien de bon... en fait, c'est le moment où je me suis endormi. Quand j'ai ouvert les yeux, les lumières montaient dans la salle et le générique défilait. J'ai tout de même regretté de ne pas savoir ce qui leur était arrivé. A en juger par la musique, ça n'avait pas dû se terminer par des gambades.

Je me suis étiré et c'est à ce moment-là que les amoureux sont passés devant moi pour sortir.

Je n'ai pas fait très attention à lui, mais son visage à elle m'a rappelé quelque chose. Je l'avais déjà vue.

Enfin, j'en avais l'impression. J'ai plissé les yeux pour la regarder avec plus de netteté, mais je ne suis pas arrivé à la situer. Il est vrai aussi qu'à partir d'un certain âge, tous les jeunes se ressemblent.

C'est bien normal puisque pour les jeunes, tous les vieux sont pareils. Je l'ai fixée juste au moment où elle passait devant moi : elle avait la peau ferme que confère la bonne santé, les yeux trop faits, c'est sa bouche qui m'a mis sur la voie, la lèvre inférieure avait quelque chose de boudeur, et puis cette coiffure en pétard : je sentais que je brûlais. Je me suis levé et les ai suivis.

Et j'ai eu l'illumination.

C'était la fille du centre commercial, celle à qui j'avais acheté une chemise. La mouflette vendeuse. J'en étais sûr. Elle portait, preuve irréfutable, le même pantalon à l'entrejambe pendouillant.

J'étais juste derrière eux et l'un suivant les autres, nous sommes parvenus à l'extérieur. Il pleuviotait et j'ai remonté le col de mon manteau. Un geste machinal que j'avais dû emprunter à Bogart dans l'immédiat après-guerre.

Ils s'étaient arrêtés aussi et allumaient leurs cigarettes.

Elle m'a vu.

Elle a exhalé une longue bouffée et elle a fait quelque chose que je pensais impossible : elle m'a souri.

M'avait-elle reconnu ? Curieux tout de même, elle devait avoir tous les jours un tel nombre de clients dans son rayon que ç'eût été bien étonnant qu'elle se souvînt de l'un d'entre eux, et de moi en particulier.

J'ai tenté de lui rendre son sourire et j'ai dû y parvenir. Le garçon a remonté son capuchon et l'a entraînée sous l'averse. Ils allaient se mettre à courir et, comme ils s'éloignaient dans la poussière d'eau fardée au néon de la façade du Louxor, elle s'est encore tournée vers moi et a dit :

— Passez demain pour le caleçon. Ce sera le dernier.

La rue a vacillé et j'ai fermé les yeux. Lorsque je les ai rouverts, elle était vide. Du fond du hall, la caissière a éteint les lumières et il n'y a plus eu que la pluie, la nuit, et moi. J'ai fait quelques pas et j'ai eu l'impression que s'ouvrait sous mes pieds une vallée profonde, celle-là même que la Bible nomme la vallée des ténèbres. C'est alors que...

Epilogue

> « Ma vie est une tempête. Cela c'est une chose que personne ne croira. »
>
> Hélène SCHJERFBECK

Le manuscrit s'arrête là.

Il a été trouvé sur le bureau de Julien Pétrard. Quatre-vingt-dix pages écrites au stylo à plume d'une écriture parcimonieuse et appliquée. Son périple devient par la suite un peu compliqué et hasardeux. Qu'il suffise de savoir qu'il aboutit chez le notaire responsable du testament du disparu. L'homme de loi constata qu'aucun écrit ne contenait les intentions de l'auteur concernant ce texte. Il faut préciser que Julien Pétrard n'avait aucun héritier. Conscient qu'il s'agissait là d'un « bien » assez particulier, maître Tacheur me contacta pour me demander conseil. C'est ainsi que j'ai pu lire ces pages qui m'ont paru suffisamment étonnantes pour être publiées.

Les sommes relatives aux droits d'auteur seront versées à la commune et à l'Etat comme le veut l'usage notarial. Je mis du temps à obtenir l'autorisation de publier *post mortem* ces pages surprenantes.

Bien entendu, dès la dernière ligne parcourue, je fus pris d'une intense curiosité concernant son auteur et cette histoire. J'ai alors quitté Paris et me suis installé près de quinze jours dans la petite ville où j'ai entamé des recherches minutieuses.

Julien Pétrard avait bien été professeur de mathématiques et toute sa carrière s'était en effet déroulée dans les deux lycées de Saint-Florent-le-Petit et Saint-Florent-le-Vieil. Célibataire, il devait toute sa vie occuper le même domicile, celui-là même où il fut découvert mort, la plume encore à la main. En revanche, il me fut impossible de trouver, même en consultant les anciens cadastres, la moindre trace d'une quelconque rue du Repentir et, *a fortiori*, d'une épicerie située dans ladite rue. Aucune Mme Benjoin n'a séjourné dans la cité mais il y a eu, durant la semaine citée par Pétrard, trois cérémonies religieuses pour le décès de vieilles dames seules, dans l'église à laquelle il est fait allusion. Pétrard aurait-il utilisé un faux nom pour que personne ne puisse reconnaître son amie ? Quant au facteur, c'est une factrice qui a dit connaître Julien Pétrard pour lui avoir, à plusieurs reprises, remis le courrier de la main à la main. De plus, on ne constate dans le quartier aucune fermeture d'épicerie, la dernière se situant en 1985, soit vingt ans avant notre récit.

Autre précision : aucune présence de femme d'ambassadeur n'a été signalée dans le département depuis 1912. Si nous nous arrêtons là, nous pouvons conclure à une volonté affichée de jouer la carte de l'invention la plus totale. Sur ses vieux jours, Julien Pétrard avait décidé de s'exercer au fantastique et avait écrit un étrange roman.

Pourtant j'ai pu remarquer deux faits troublants. Avant que les scellés ne soient posés, condamnant le vieil appartement jusqu'à ce qu'une décision de justice le rende libre à la vente, j'ai fouillé dans quelques meubles, sous la surveillance d'un huissier. Je n'y ai rien trouvé, dans un premier temps, qui puisse orienter dans un sens ou dans un autre ma recherche.

Puis, alors que j'avais négligé la cuisine, je fus pris d'un remords et m'accroupis pour inspecter le bas d'un vieux placard. J'y découvris deux caisses en bois. Elles ne comportaient aucune inscription, mais leur contenu était éloquent : chacune contenait douze bouteilles de grands bordeaux, trois de quatre châteaux différents. A l'intérieur du couvercle, un bristol était collé avec du scotch. Il y était écrit cette simple phrase : « En souvenir de nos belles soirées. » Il n'y avait pas de signature.

Après enquête auprès de différents services de livraisons, je parvins à établir que l'envoi était parvenu à Julien Pétrard le jour même de sa mort. L'expéditeur avait tenu à rester anonyme.

Si l'on dresse le bilan de cette petite enquête, il me paraît clair que trois solutions s'offrent à nous.

1) Julien Pétrard était un farceur. Il a tout inventé, écrivant une histoire qui lui a permis de passer agréablement son temps en jouissant de cette possibilité qu'offre l'écriture de pouvoir se moquer allègrement du monde.

2) Julien Pétrard, atteint par la limite d'âge, a cru à la réalité de son histoire, il s'agit ici du produit d'un esprit malade pour qui les rapports entre rêve et réalité sont flous, et qui a des hallucinations diverses dont il est à la fois l'auteur et la victime.

3) Nous entrons dans une dimension ésotérique si l'on admet que Pétrard a réellement vécu ce qu'il dit avoir vécu. Qui alors est l'épicier fossoyeur, qui est le facteur ? Qui est la mouflette vendeuse qui lui vendra son dernier caleçon ?

Il est temps, je crois, de préciser un dernier détail. Dans la chambre de Julien que j'ai pu visiter, j'ai retrouvé la commode aux pieds calcinés dont il parle, mais plus que cela : en me penchant pour examiner le dessous du lit, j'ai découvert un minuscule carré de carton. C'était un quadrilatère parfait, percé d'un trou par lequel passait un minuscule fil de nylon. On pouvait lire, imprimée sur l'une des faces, la mention « caleçon 100 % coton » suivie du sigle XL et d'un petit dessin donnant les consignes de lavage et repassage. Aucune date n'était indiquée mais il y a tout lieu de croire que cette étiquette était récente. Sans cela, je ne l'aurais pas trouvée.

Donc, et pour en terminer, on peut constater que le nombre fatidique de paquets de cigarettes, de bouteilles de vin et de caleçon était atteint.

Là n'est pas l'essentiel.

Au cours de l'une de mes visites chez maître Tacheur, avec lequel j'avais lié, au cours de ce séjour, des liens de sympathie, voire d'amitié, je lui demandai si Julien Pétrard n'avait pas reçu récemment un certain nombre de lettres. En bon tabellion, maître Tacheur tenait ses dossiers à jour. Il consulta ses fiches et se tourna vers moi.

— Notre bonhomme avait, depuis quelques semaines, négligé sa boîte aux lettres. Lorsqu'elle a été ouverte, nous y avons trouvé des quittances de loyer, des factures de gaz et d'électricité, une carte postale de Caracas, tout le reste était des publicités diverses. Ce qui nous donne le chiffre de quatorze envois.

C'était le nombre fixé par le facteur.

En conclusion de cette troisième hypothèse, nous dirons que Pétrard avait atteint tous les objectifs fixés. Je ne crois pas aux coïncidences, là aussi deux explications divergent.

Pétrard s'est livré à une véritable mise en scène pour accréditer son récit en laissant volontairement traîner la quantité prévue de bouteilles, de caleçon, de lettres et de paquets de cigarettes. Il a pu écrire l'histoire de la neige après que celle-ci fut tombée car, tout le monde s'en souvient dans la ville, il y eut une petite tempête un matin et elle déposa sur le sol une pellicule blanche qui disparut très vite.

Personnellement, je pense que Pétrard s'est beaucoup amusé avec cette histoire qui lui a permis, de surcroît, de raconter des souvenirs personnels.

Mais rien n'est sûr, évidemment... Peut-être a-t-il eu accès à une dimension qui n'est pas la nôtre, peut-être lui a-t-il été donné de pénétrer dans un univers qui a pu lui remettre les clefs de son destin... C'est toujours le mélange entre ce qui est rationnel et ce qui ne l'est pas. Qui pourrait se targuer de connaître la frontière séparant ces deux mondes ?

J'ai quitté la ville où avait vécu Pétrard avec l'idée que je n'avais fait, avec mes recherches, qu'aggraver ma perplexité.

Depuis il m'arrive, alors que je ne l'ai jamais rencontré, de penser à lui. Dans une rue vide, un vieil homme trottine, il se rend dans un pays qui n'existe pas. Nul ne sait s'il est un vieillard farceur ou un homme en route vers la fin annoncée de son voyage. Sa tête est pleine de vrais ou de faux souvenirs, parmi lesquels ses amours surnagent, brillants poissons éphémères montant des eaux grises, reflets argentés de la vie qui fut la sienne... Les existences sans aventures ne sont pas mornes pour autant, c'est qu'a semblé vouloir nous dire Julien Pétrard à sa manière.

Tout à l'heure, il passera la porte d'une vieille boutique irréelle, la sonnette tintera, il inventera qu'elle tinte ou il croira l'entendre tinter. Là réside le secret.